給自己的情書

范玲

「世間所有的相遇，都是久別重逢」，

也許，世間所有的久別，就是為了重逢，

儘管，不是所有的久別，都一定能夠重逢。

目錄

第一章　從女主播到女博士

第二章　遇見

第三章　說走就走的旅行

第四章　太陽底下

第五章　最溫柔的角落

第一章

從女主播到女博士

不要亂講話

2019 年的春天，我終於拿到了哲學博士學位，連我自己也沒有想到，從小就不太熱衷好好學習的我，有一天，會讀到博士。

熟悉我的人都知道，我的興趣很廣泛，上學的時候，畫畫，寫詩，唱歌，跳舞，搞活動，樣樣少不了我，唯有讀書，不是能很有耐心地坐下來學習，尤其是數學，對我來說像天文科學一樣，永遠弄不清楚，只有作文還好，試過早課的時候，幫下午交功課的同學寫作文，一個題目我能編好幾個內容，老師竟然看不出來是出自同一個人的主意。但我並不是不喜歡讀書，反而我很喜歡讀書，只不過讀的都是我有興趣的書，

第一章：
從女主播到女博士

上地理課，我在讀小說，上歷史課，我在讀散文，上數學課，我在讀詩歌，晚上功課很快寫完，然後就開始讀我喜歡的書，就是不喜歡讀課本，所以，我中學的時候，在學校的成績很一般，如果那個時候有人說我將來會在大學教書，我肯定覺得他的腦子出了問題，中學時代的我，感性加浪漫，還不知道自己將來究竟想做甚麼，可是，我卻很清楚自己將來一定不想做甚麼，那就是老師，因為我覺得老師很煩，天天在追着我讀一些沒用的東西。

　　所以，老人總說，不要亂講話，結果，我最不想做的，最後就變成了我的終身職業。就好比一個女孩子說，我最不想將來嫁給一個眼鏡男，結果她最後一定是嫁給了一個戴眼鏡的男人！所以，不要亂講話，真的不要亂講話！

中學時期的我

闖中環

　　我的第一份工作，是在中環的「千瘡百孔」大廈（怡和大廈）裏，做一名法律機構的小助理，那是在回歸之前成立的一間特別的法律機構，當時的主席是何耀棣律師，這間機構主要幫助香港律師取得中國內地的律師事務資格及處理相關事宜，面試進行了兩次，第一次我因為上錯了電梯，所以遲到了，而且主管問了我很多法律方面的問題，我都答不上來，最後她問我，你為甚麼要來見這份工？現在想一想，我覺得自己當時的答案真的幼稚到家了，我說：「因為我很想在中環上班，穿得漂漂亮亮的，感覺很精英，雖然我在學校剛出來沒甚麼經驗，可是我會很努力地學，你

相信我，我學東西很快的。」我記得當時的主管郭瑪莉小姐一下子笑了，笑的好大聲，然後她說，你回去等消息吧！我從那裏出來，心想多數是不成功了，沒關係，再找就好了，那個時候的我，甚麼也沒有，有的就是骨子裏的樂觀，還有浪漫，當時天色已晚，一大片晚霞掛在天邊，忽然覺得好美，於是打算從中環坐渡輪去尖沙咀，可以好好的欣賞一下夕陽和迷人的夜景，找工作的事，明天再說吧！怎知道，回到家，就收到了邀我進行第二次面試的電話。第二次面試，好幾個人坐在我對面，應該是董事會的幾個成員，問了甚麼，我真的記不清楚了，但是我被錄取了！我實現了在中環上班的願望，後來公司搬到了太子大廈，我和另外幾個職員，跟着嚴格的郭小姐，她是那種文件上有微小錯誤都要重新做過的上司，儘管我在那裏

的時間並不長，只有一年，因為後來進了香港電台工作，可是那一年我所學的東西，讓我終生受益，儘管郭小姐在幾年前因病離世了，可是她一直是我人生中一個重要的導師和朋友，我曾經問過她，為甚麼會錄取一點經驗都沒有的我？她說：「因為你很誠實，我們大家都覺得你很誠實，像一張白紙，還有，你會說國語。」那一年，我22歲，「勇」字當頭，闖進了中環。

DJ 夢

　　我會說一口流利標準的國語，因為我的父母都說國語，他們從小就希望我不要受任何方言影響，一定要會說國語，所以在家我一定要講國語，但是在外面，我都是說廣東話，當時的香港，沒有人講國語，也沒有幾個人聽得懂國語，實在沒想到有一天，國語會幫我找到工作，然而更神奇的事情還在後面呢，九十年代的香港，還沒有太多的電子產品，我喜歡聽歌，可是單憑一個 walkman 很難滿足我，我發現香港電台有好幾個節目，有很多好聽的歌，所以，下了班閒暇時間，就像個老奶奶一樣，窩在家裏聽收音機，就那麼巧，有一天，我聽到收音機裏傳來一個宣傳聲帶，有

一個叫「普通話通天下」的比賽，如果你會講國語，就可以參加，如果進入前三名，還有滙豐語文基金贊助的獎金，頭獎一萬元，二獎好像是八千，又在星期六舉行，我對自己的國語還是相當有信心的，加上週末也沒甚麼事情做，還有獎金的吸引，我決定報名參賽。

　　參賽的細節我已經記不清楚了，畢竟是二十多年前的事情了，但我拿了二等獎，拿到獎金，我就拿了年假去旅行，準備好好犒勞自己，花了這筆錢，正當我享受鳥語花香之際，有電話從香港找我，是香港電台打來，問我可不可以去試音？當然可以了，我提前結束了假期，趕回香港，第一次來到港台的錄音室，讀了幾段他們讓我讀的東西，當時的監製是夏妙然，台長是黃法之，廣播處長還是張敏儀，我讀得很流暢，

一點也沒有阻滯，記得夏妙然問我，你怎麼一點也不緊張？我也不知道為甚麼，真的是不緊張，我只是覺得很好玩，然後她又說，你的聲音很好，很適合做廣播，要不要試一下做兼職？Why not？在年輕女孩子的眼裏，能夠在電台廣播，照今天的講法，那是一件很 cool 的事，我太開心了，儘管之後的日子很辛苦，有相當長的幾個月，我要白天在中環上班，然後下了班趕去香港電台，一直到十點十一點結束才回家，可是那時候心裏的 DJ 夢已經萌芽，再辛苦也覺得充滿幹勁，現在想一想，年輕真好，每天都在做夢，正因為一直有夢，再辛苦的日子都會感到甜蜜。

女主播的日子

我不知道用「女主播」這個詞究竟對不對？似乎電視節目的主持人或新聞節目的主持，才會用「主播」，香港的女主播也挺多的，我似乎不屬於這一類，確切的說，應該是電台節目主持人。

剛進入電台，我分配到的工作是讀新聞，每到正點或半點，我回到直播室，現場讀出從新聞部拿到的新聞稿，這是一項難度頗大的工作，在國外或內地，新聞播報員是很重要的職位，但我當時不明白香港電台為甚麼會把如此重要的工作交給新人？但畢竟是現場報道，來不得半點錯失，拿了稿，我通常會反覆練習，可能是太緊張，那段時間經常胃疼。但這的確是

很好的訓練，可以保證以後做直播節目不出錯。我第一天讀新聞，有一則就是鄧麗君在清邁出事，我後來也很驚訝自己可以不動聲色的讀出來，似乎很有專業潛質。

　　還有就是聽電話，我才知道原來聽眾打來的電話是可以有選擇性的接聽，也知道了為甚麼聽眾點的歌會那麼快找到播出，也終於知道我們在收音機裏聽到那麼感人浪漫的話語和好聽的歌曲，以為那個主持人很帥很好看很浪漫，其實那個主持人可能長相很令你失望，一點也不浪漫，一個人裹着大衣在冰冷的直播室，對着空氣甜言蜜語，看上去很有點神經錯亂的感覺，只不過，他的聲音很磁性，很好聽。後來，有一天，我終於開始有了自己的節目，也天天處在了神經錯亂的狀態，如果有嘉賓對談的節目還好，若是一個人的

在香港電台的直播室

晚間節目，每天對着空無一人的直播室，在空氣中溫柔，在空氣中甜言蜜語，在空氣中循循善誘，在空氣中交談，像是自言自語的和自己在談一場沒有盡頭的戀愛。過了很多年，我都覺得，電台主持人最牛的地方是，就算自己甚麼也不懂，也要裝得很懂的樣子，然後用那把漂亮的聲音，讓全世界覺得他真的很懂，所以，我裝了好幾年，終於有一天，發現自己似乎裝不下去了，於是辭去了香港電台的工作，踏上了去澳大利亞的留學之路。

SBS 的奇妙經歷

　　我說的 SBS，不是韓國的那家電視台，是在澳大利亞的一間公營廣播機構，全名應該是 Special Broadcasting Service，在澳洲家喻戶曉，旗下有電視台，也有電台，提供很多種語言的電視廣播節目。我去雪梨讀碩士，一方面是想增值，另一方面也想休息一下，因為在電台工作，真的是除了年假終年無休，就算放假，也要提前錄好節目，更不用說打颱風，別人八號風球可以留在家裏，但大家都要看電視或聽電台，要知道最新的颱風消息，所以，電台的員工要當風監，輪流回來直播室當值，電台會派一個有鐵窗的車子去住所接同事，因為已經沒有公共交通工具，知

道的是 AM 政府車接人，不知道的以為是運載甚麼動物，有的人做早上節目，每天要四點起床，五點多回到直播室準備，因為六點開咪直播，這樣一下子就好多年，所以，做媒體的人，尤其是前線人員，主持人之類，若沒有對這份職業刻骨銘心的喜愛，是很難堅持下來的。所以，雖然很喜歡這份工作，雖然我也覺得自己很適合做播音，但終究沒能堅持下來，做了逃兵，可是命運，又把我拉了回來。

我到澳洲的一個月，忽然接到 SBS 中文電台部台長的電話，他問我想不想來電台主持一個節目？我覺得很突然，問他怎麼找到我？他說他有在網上收聽香港電台的節目，也有聽過我的節目，有一次聽我在節目裏說，要來雪梨留學，他查了很久，終於查到學校，通過學校找到我，我驚訝極了，然後他說了酬勞和節

目播出的時間，我問他，要不要面試一下？他聽了笑
起來，我現在在跟你電話面試，你已經通過了，下星
期來上班吧！

　　於是我去了這家澳大利亞位於北雪梨的著名廣播
機構做兼職節目主持，每週有一個我自己的節目，十
幾個小時對雪梨和墨爾本做聯合廣播，台長林先生是
馬來西亞人，看上去有點嚴肅，但對同事極好，也給
我極大的編輯自主權，那段時間，每個星期我戴着工
作證出入這間機構，也因為工作的關係，交了很多當
地的朋友，包括後來帶我走進爵士世界的音樂家。一
起和我在電台工作的還有白菲比和文迪，白菲比請我
去她家的花園派對，我第一次看到幾公里的私人花園，
鮮花盛開。文迪是個開心的女孩子，每個星期會找我
吃飯談天說地，當我結束留學要回香港的時候，林先

生請我在 Bondi Beach 吃早餐，算是跟我告別，他問我一定要回香港嗎？為甚麼不留下來？我記得那天風很大，我們周圍還有很多很大的蒼蠅飛來飛去，我知道他們都很希望我留下來，可是香港，始終是我的最愛，既然決定了要回去，我就不會改變，我指着蒼蠅説，可能，這裏蒼蠅太多吧，林先生聽了哈哈大笑，我當時好擔心他張那麼大的嘴，蒼蠅不小心飛進去……可惜的是，我一直沒敢問林先生的名字，只知道他是那個很威嚴又可親的中文台台長，林先生。

澳大利亞 SBS 中文台長林先生和我

還是當了教書先生

回到香港，其實想再從事和媒體有關的工作，畢竟在澳大利亞學的是傳媒教育，心裏在想，有了點理論基礎，可能以後工作上，要裝甚麼都懂的時候，會裝的像一點。先後有幾個工作機會在向我招手，有電視台，也有電台，我先接了一個電視台的短期工作，一共六集的電視節目主持，從策劃編劇主持都是我一手包辦，導演和整個劇組和我配合，說實話，我一直對自己上鏡沒有太大信心，所以對於電視台的邀請很猶豫，拍了那幾集節目，算是徹底打消了我去電視台工作的念頭，太辛苦了！電台可以是個人或幾個人的合作，也不用化妝，電視台是和整村人打交道，如果

要出鏡，每天臉上貼着厚厚的妝，真不是鬧着玩的，
還有為了拍一個鏡頭，要等很久，甚至一天，或反反
覆覆拍很多次，那段時間，我也不敢多吃，又不敢吃
太濃重的口味，省的第二天臉腫，好不容易拍完了，
我也瘦了兩圈，我本是個貪圖享樂的人，發現如果吃
這行飯，要犧牲很多人生的樂趣，實在不情願，就推
到了所有電視台的工作機會。

就那麼巧，剛好中文大學在請人，找可以説英文
又説國語的老師，儘管我可以説英文，也可以講國語，
可是我不會教書，而且平生最怕教書，不想誤人子弟，
可是妹妹在旁一直鼓勵，她以前教書，也喜歡教書，
她可能太了解我，對我進行利誘，她説，你看，大學
教書，福利好，假期多，不像你在電台，沒日沒夜的，
你這麼喜歡旅行，暑假那麼多天，一定夠你好好玩的，

我是多麼禁不住誘惑的一個人啊，為了暑假，我竟然去了面試，竟然又成功的被錄取了！

所以，我必須承認，我開始教書的目的，非常的不正確，不是為了甚麼崇高的理想，也不是為了培養下一代，而是為了暑假自己可以多點時間去旅行，說出來都不好意思，可是，有時候人還真是不可以不相信命運，命運給你指了一條路，必有其中的原因，就像兩個人，開始並沒有一見鍾情，或許還互生反感，可是命運把他們綁在一起，就有可能產生奇妙的化學作用，就像我，一直以為教書的工作會堅持不下來，可是如今一晃，在大學裏快二十年了，而且日久生情，不知道在哪一天忽然愛上了這份職業，開始捨不得離開，這也是為甚麼我後來覺得，需要讀一個博士。

女博士

曾經聽過這樣的一句話：人有三種，男人，女人，女博士。

所以，我一直對女博士尊敬之餘，敬而遠之，這句話甚麼意思呢？每個人的解讀都不一樣，但女博士在很多人的眼裏，意味着第三種人，意味着長的醜，因為長得好看的基本上被人追跑了，也早嫁出去了，意味着不食人間煙火，只會做學問，除了讀書，甚麼也不會，意味着有過人的精力和耐力，性格不好相處。嫁人這個問題，我不存在，但是長的醜和不好相處，都是我很不希望看到的，因此，儘管在中文大學教了四年書，我一直沒有考慮過自己去讀一個博士。

直到轉到理工大學教書，開始和很多不同種類的學生打交道，尤其是國際生，他們對中文學習的熱誠，遠遠超出我的想像力，還有本地生，內地生，每一年迎接來的都是洋溢着青春的張張面孔，隨着教學體驗的不斷加深，忽然發現自己開始喜歡這個職業，喜歡這個職業所帶來的某種成就感，也發現不同的方法可以有不同的教學效果，這些都很值得研究，我很詫異自己的轉變，竟然開始對某些學術議題感興趣，這個工作吸引我的已經不單單是暑假，而是更加豐富的學術領域，當然，另外一個發現是，在校園裏那麼久，認識了很多女博士，她們不僅樣貌娟好，而且家庭美滿幸福，有的還多才多藝，徹底打破了關於「女博士」的傳聞，我開始思考，要不要人到中年，再去像苦行僧一樣讀一個博士？到底，我可不可以讀下來？因為

博士答辯順利通過後的合影（左起：李德超教授、陳學超教授、吳偉平博士、SKYPY 視像者張新生教授、我、吳東英博士）

聽過太多半途而廢的故事，好在，我的貴人運真的很好，我的前老闆，也是我的導師之一，中文大學的吳偉平博士，他聽到我的想法，竟然毫不猶豫地支持我，前後差不多六年，不僅在學術上指導我，還一直鼓勵我一定可以做到，當年我去中文大學面試，也是他相信我一個傳媒人可以成為一個好的老師，所以錄用了我，現在回想起來，我真的好感謝他這麼相信我，因為連我自己有時候都不相信自己可以做到，當然，現在看來，他的眼光滿準的呢！

　　我，終於成了一名女博士。

終於成了一名女博士

第二章

遇見

牽掛不如遇見

確抵不過歲月的蛻變

白襯衫和綠草地

在陽光下互相依戀

夏天來了

我止不住

想念

永遠流浪的齊格飛——黃奇智

奇智大哥的葬禮，我沒有出席，我很難過，我不想和他道別。

最後一次見他，是他來理工大學找我，因為我當時在給一份雜誌寫一篇文章，需要一些中國民族歌曲的資料，他說他手頭恰好有一本書可以送給我，於是親自拿過來給我，我們只是在理工校園的大鐘前匆匆見了一面，說了幾句，他說，你去忙你的吧！沒想到那一面，已經是永別。

認識奇智大哥，是因為在香港電台的一個節目《老歌知多少》，我是這個節目的主持人，他是嘉賓主持，每個星期四下午，他都會準時來電台做節目，說實話，

一開始電台讓我主持這個節目，我心裏真的是老大不情願，第一，我不怎麼熟悉老歌，甚麼金曲，上海時代曲，我通通不了解，也沒興趣，第二，這個叫黃奇智的人，看上去兇神惡煞的，一想到要對着他做兩個小時的節目，就心裏發慌。但是誰知道，就是因為這個節目，讓我認識了這個相當有趣的人，也因為這個節目，彌補了我對音樂知識方面的某些空白。和奇智大哥做節目，要非常認真才可以，因為他是一個一絲不苟的人，說完哪段話，播哪首歌，在第幾秒的音樂處進入旁白，都有要求，可能也就是因為如此，節目非常受歡迎，年復一年的星期四，我們漸漸成了朋友，做完節目會一起吃晚飯，他在西貢自己設計的房子，也會邀請我去作客，我當了媽媽，他好高興，送我的祝賀是他親手錄製的一盒有關母親的歌曲……我們每

個星期談話的內容，多數離不開繪畫、電影、音樂，對於我來說，他更像一位博學的老師，對我進行藝術的啟蒙，讓我受益匪淺。但儘管我們認識很久，是半夜可以打電話的好朋友，但其實我對他的了解並不深，關於他自己的事情，卻很少涉及。

我從澳洲回來，得知他已經生病，當時香港電台邀請我做一個訪談節目，其中一集的嘉賓，我邀請了奇智大哥，我對他說，我們認識了這麼久，其實我對你的了解並不深，聽眾聽了你那麼久的節目，也很想聽聽你說自己，可以嗎？他欣然接受，一貫作風，認真挑選歌曲，還給了我很多關於他自己的資料，當然也第一次談到了他自己，和他那個當醫生的父親，還有曾在日本留學做畫家的母親……

奇智大哥曾經在讀中文大學時，寫過一首詩，《我

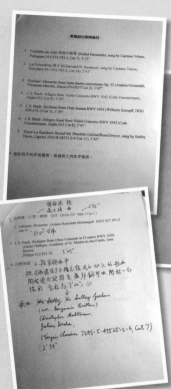

黃奇智送給我的畫作

要像一片雲》，後來百代唱片發行，靜婷唱過，這麼
多年，我總覺得，他好像沒有離開，只是像他的那首
詩裏所寫：直到有一天，雲要在天上消亡，我也不會
嘆息生命太短暫，我變成飛霜，變作溪流江水徜徉，
再去流浪⋯⋯

范玲：

那天晚上吵醒了你，很抱歉。之後把一些資料用
電郵傳給你，可是通通打回頭，說是「bad
address」；請你再把電郵地址用電郵傳給我。

跟你面談之後，回家想了想，覺得選的音樂和起
先想談的內容受了初步在電話裏得的印象的影
響，有點言不由衷，因此作了些改動。在訪問
中，我想提及的包括下列幾點：

1. 澄清我對時代曲不是情有獨鍾。
2. 說明我的「藝術啟蒙老師」德布西（Claude
   Debussy）對我在音樂和其他藝術的影響。在
   這裏當然也要提及家庭環境的影響。
3. 我對創作和學術研究的看法。
4. 為甚麼我「擁白話而貶廣東話」。
5. 電影對我的影響。在這裏會提及我近年為甚麼
   喜歡小津安二郎。

至於寫歌詞乾脆不談了；節目節錄也大可不必，
主持過甚麼節目提提算了。我的病你要談大可
談：放在最後，我有歌曲結尾。

附來的資料，還有上次的 CD，都是給你參考的。
這些都是一些文章和我的美術作品。《香港印
象》是香港電台電視部 1996 年的製作，有關我的
在第二節。我的部分我當了一半的導演，避風塘
的部分我還兼任攝影。因為監製規定主題是與時
代曲有關的人物，說的話有點言不由衷，特別是
一些老歌星可能會看這節目，說話不能令她們不
高興。另外新選的歌曲 CD 也附上。

黃志華
31.3.2001

親切的金燕子——鄭佩佩

我叫她佩佩姐，我們的緣份來自香港電台的另一個節目《佩佩悄悄話》。

台裏說，有一個新的節目，是個大明星來做，我負責這個節目的監製，那天她和她的妹妹鄭寶佩一起來電台，我一眼認出，那個在電影《唐伯虎點秋香》裏的「華夫人」，我管她的妹妹叫寶佩姐，寶佩姐是她的經理人，她和她的妹妹長的很像，想像得出，寶佩姐年輕的時候，應該也是個美人胚子。我當時正在懷孕，挺着大肚子，佩佩姐自己生了好幾個孩子，應該很知道懷孕的辛苦，所以，不知道是不是這個原因，很能體諒我，我們在節目製作上配合的很好。這是我

第一次和大明星頻密的打交道，因為她在內地拍戲，每次都要錄很多集的節目，我在錄音室外面看着她，有時候要從早說到晚，一天下來，語氣還是不急不緩，也未見她說過辛苦，每次坐小巴來電台，臉上永遠掛着笑容，沒有半點架子，是因為學佛的原因嗎，當時我真的很驚訝。

慢慢的，我們熟絡起來，她帶來了她的小女兒給我認識，那時的原子鏸剛從美國來香港，還沒有參選港姐，中文也不是很好，怯生生的，和媽媽長的很像，可是不太愛說話，只是笑，後來她媽媽讓她和我學中文，她帶着當時的男朋友來我家，一臉陽光的少女，一直以來，佩佩姐都很扶持這個小女兒，我有一次問，女兒都那麼大了，你還這麼操心做甚麼，由她吧！佩佩姐當時的一句話，我到現在還記得，她說，范玲，

天底下沒有孩子可以自由發展長得好的，你把他帶到這個世界，你是他的父母，你就有責任去扶持他。我生完孩子的第二天，她和寶佩姐來醫院看我，她抱着我的兒子，看了又看，對我說，你呀，從今天開始，有得忙了！

在我去澳洲之前，有時候我們會一起聊天，她偶而也會來我家吃飯，她是星雲法師的入室弟子，常和我聊起人生，我在生活裏有些困惑的地方，也會請教她，多多少少也會聽些佛理，可惜我可能慧根不足，始終和佛門無緣，但這並不影響我們的交往，從澳洲回來，佩佩姐一直鼓勵我進入演藝圈，她說我可以拍東西，還介紹了當時在天映頻道的導演文森和阿奇給我認識，他們也邀我去拍了一個宣傳片，可是我最終還是改行了，我想佩佩姐很失望，因為她每次見到我

都説，怎麼去教書呢，可惜了！上一次見面已經幾年前了，我，她，還有文森，在尖沙咀的一間小咖啡店一起吃早餐，我們聚在一起，又有了宏偉大計，佩佩姐説她在內地看好了一處地方，文森做導演，拍一個電影，劇本也有了，還提議我客串一個角色，我們聊的熱火朝天，好像馬上要開拍一樣，最後文森説，咱們要先去找經費才能拍，大家忽然如夢初醒，有了錢，才可以談理想，於是吃完早餐，各自散去，再繼續自己的生活，再繼續賺錢。

前幾天打給寶佩姐，她説佩佩姐目前在美國。不知道她哪天回來，我們，還會不會聚在一起，再繼續討論那個宏偉大計？

鄭佩佩與我

左起：我、原子鏢、鄭佩佩

來自日本的小林猛夫

因為九七之前我已經進入香港電台工作，所以，我順理成章地被調入回歸前成立的普通話台。當時這是全港第一家，也是唯一的一家以普通話廣播的電台，因為政府的 FM 頻道不夠用，所以主要以 AM 進行廣播，所以有的地方收的很差，某種程度上也影響了收聽率。儘管如此，開台的時候還是很熱鬧，也吸引了海內外很多媒體前來採訪報道，日本的《每日新聞》是其中一家，我還記得記者是個胖胖的日本人，叫小林猛夫，中文說的還不錯，旁邊跟着他的秘書小姐，剛開台的時候，我主持一個中午的音樂節目《輕鬆十三點》，他對我的節目和我都有興趣，那天來港台

和我聊了很久，想不到過幾天就收到了他寄來的報紙，上面有我的專題採訪，我不會日文，也不知道上面寫了甚麼，但是看到我的節目介紹和照片用另外的一種語言登出來，還是覺得挺有意思。

回歸後不久，小林猛夫就調回了福岡總局工作，臨行前，收到他寄來的卡片，他對我表達了謝意，還留了他當時在日本的地址給我，可

當年日本報紙《每日新聞》的專訪

惜的是，後來可能事情太多，我一直沒有跟他聯絡，直到最近，整理舊物，發現了那張報紙，我試着在臉書上搜索，真的讓我找到了他，他很開心我再次聯絡他，告訴我他現在依然在報社工作，只是出外採訪的機會不多，主要負責編輯的工作，而且，現在有一個上海太太和一個四歲的女兒，他又給了我他現在的住址和電話，請我去福岡，一定去找他，還告訴了我一個可惜的消息，當年他身邊笑瞇瞇的秘書小姐已經不在了。

　　下一次去日本，我想，我一定會去拜訪他！

小林猛夫寫給我的信

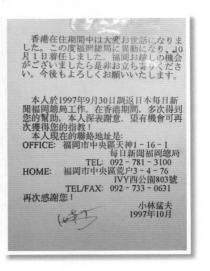

香港在住期間中は大変お世話になりました。この度福岡總局に異動になり，10月1日着任しました。福岡お越しの機会がございましたら是非お立ち寄りください。今後もよろしくお願いいたします。

本人於1997年9月30日調返日本每日新聞福岡總局工作，在香港期間，多次得到您的幫助，本人深表謝意，望有機會可再次獲得您的指教！
本人現在的聯絡地址是：
OFFICE： 福岡市中央區天神1－16－1
　　　　 每日新聞福岡總局
　　　　 TEL： 092－781－3100
HOME： 福岡市中央區荒戶3－4－76
　　　　 IVY西公園803號
　　　　 TEL/FAX： 092－733－0631
再次感謝您！
　　　　　　　　　　 小林猛夫
　　　　　　　　　　 1997年10月

記憶中的余光中

　　鄉愁詩人余光中走了，沒想到幾年前的會面是最後一別。

　　我只見過余光中老先生一次，我原以為這個鄉愁詩人很嚴肅，或是很多愁善感的，沒想到見了面，竟然是那麼令人愉快和幽默的老人！聊了不久我們彷彿熟絡起來，他開始講笑，又大聲的讀起詩來，一點不像一個八旬的老人，從詩談到家庭，我問他寫不寫詩給太太？他很大方地說，當然寫，我的稿紙正面寫稿，反面就給她寫詩，這就是我和太太的相處之道，說完他自己先哈哈大笑起來……

　　余光中在香港住過一段時間，他告訴我，他最喜

歡香港的地方就是可以行山，在中文大學住的日子裏，他一有空就去行山，大大小小的山他幾乎都走過，香港多好啊！除了市區的繁華，還有數不清的翠綠山峰，回到台灣，他最想念香港的，不是小吃，也不是教書，竟然是香港的山，你住在這裏，有時間多去行山，風景漂亮呢！他對我說。當時看着余先生挺的那麼直的腰板，知道長壽是有原因的。

鄉愁詩人余光中走了，我們記得的，是曾經有那麼一個陽光詩人，就像他的那首詩所寫：「我最難忘的哭聲有兩次，一次，在我生命的開始，在你生命的告終，第一次，我不會記得，是聽你說的，第二次，你不會曉得，我說也沒用，但兩次哭聲的中間啊，有無窮無盡的笑聲……」

我和余光中教授（左）

和金庸的一面之緣

　　雖然我不是武俠小說迷，可是我一樣愛看金庸的
作品，有幾次在一些社交場合見過金庸先生，可是我
並不認識他，但有一次，如果沒記錯，是在冰心的作
品展上，又遇到大俠，他是做為主禮嘉賓被請過來的，
我呢，是被朋友拉去看展覽的，當天到場的人很多，
我沒甚麼太多認識的人，就在一邊靜靜看展覽，忽然
聽見身後有個人在說話，轉身一看，是金庸先生，他
走過來主動和我聊天，不知道是不是人太多太吵，無
論他說廣東話還是普通話，都帶着濃重的江南口音，
我大半都聽不太懂，忽然他看到我手上的本子，說，
來，我給你寫幾個字吧，我受寵若驚，連忙遞上去，

坐在他身邊看他寫字，同行的友人黃奇智竟然帶着相機，在旁邊影了下來，於是，有了一張珍貴的照片，當天冰心的女兒吳青教授也在，溫文儒雅的，也聊了幾句，很開心。

儘管那天大家說的熱鬧，但我懷疑金庸先生再見到我，也未必認得出來，記得住我是誰，他可能就是喜歡和年輕人聊天，因為一晃二十年過去了，奇智大哥早走了，如今金庸先生也走了，人生真的很唏噓。

我認識的人幾乎全部看過他的書，包括我們家九零後的年輕人，那些角色不單是深入民心，還給了我們無盡的想像空間，大家說，有華人的地方，就有金庸的武俠小說，是真的。

我和金庸先生（右）

我和吴青教授（左）

我見過的四大天王

　　八九十年代，是香港樂壇最鼎盛的時期，我剛加入電台的時候，最想做的就是音樂節目，既可以欣賞到好歌，又可以採訪到歌星，真是一件讓人興奮的工作，所以，多數和歌星的合影都是剛入行時拍的，一採訪完，就像個小粉絲一樣，靠在歌星旁邊照相，現在看那些照片中的自己，張張慘不忍睹，抹着鮮紅的唇膏，一臉開心，傻呼呼的，可是話說回來，誰沒有年輕過呢？誰年輕的時候沒有做過傻呼呼的事情呢？所以，我已經原諒了那時天真無知的自己，其實很快我就意識到這種做法非常不專業，我是主持人，來採訪嘉賓，應該處變不驚才對，還有個最實際的原因就

是，後來的日子，見面多了，大家已經熟絡，也就不好意思再説，照張像吧，如果那時候有手機又會另當別論，所以，手頭上的照片非常少。

對於香港人來説，四大天王一點也不陌生，我第一次見三大天王是在紅館，他們晚上要出席香港電台的十大中文金曲頒獎典禮，下午在綵排，而我呢，被派去做一些現場採訪，進了紅館後台，一下子發現劉德華、張學友和郭富城，我不知道黎明為甚麼不在？可能那一年他沒有來領獎，當然馬上進行採訪，採訪完也馬上拍照，這就有了那三張照片。後來在電台見的最多的是劉德華，他對人很親切，永遠掛着笑容，也是唯一一個到了聖誕節會給主持人們寄親筆簽名聖誕卡的一位天王，張學友和郭富城後來只接觸過一次，採訪完不會説其他廢話，立即離開，可能時間對於他

們來說，那個時候很緊張，感覺很酷。

　　我最後悔的是沒有跟黎明照過一張合影，那天聊得太開心，竟然給忘了！四個天王中，我最喜歡他的性格，可能是人馬座的人天生樂觀，那次約到他做訪問，因為大家都講國語，幾分鐘就熟絡起來，訪問結束了，我們好像還意猶未盡，聊東聊西的，天王很好聊，也很愛笑，旁邊的助手子泉等的心急了，來催他離開，因為下一站的訪問還等着他，結果，忘了拍照，不知道還有沒有機會見到黎明，跟他補一張合照？這樣，四大天王的照片，應該都齊了！

我和張學友（左）

我和郭富城（左）

我和劉德華（左）

「磚才」和「磚才」的朋友們

　　這是一群很特別的人，所謂特別，他們是內地第一批來到香港的專業人才，都是中國重點高等院校裏選出來的尖子生，成績好，聰明就不用說了，個個都有專業技能，工程界、金融界、法律界⋯⋯都有他們的身影，從九十年代到現在，默默的在自己的崗位上為香港付出，香港也早已經成為了他們的家園。第一批的專才，人數不多，所以互相都認識，他們喜歡戲稱自己是「磚才」，可能「磚」更腳踏實地吧。

　　認識他們很偶然，因為我先認識了一個「神童」，叫蕭建偉，他十四歲讀大學，二十歲已經在大學任助教，蕭建偉喜歡讀書，且有過目不忘的本領，一本很厚的英文書一晚讀完，第二天可以圈出其中幾頁的印

刷和語法錯誤，中文也很精通，曾在東亞銀行任李國寶的私人助理，本來前途無量，可是他偏喜歡「採菊東籬下」的優閒生活，因為他覺得城市的生活太浮躁，弄得他沒時間讀書，所以找了一個古鎮，住了下來，閒暇種兩畝地，餘下的時間終於可以好好閱讀，我們都稱他「蕭老師」，蕭老師出口成章，且酒量了得，又愛交朋友，所以我們大家都很喜歡他。

因為這個「神童」，把我帶進了一個有趣的圈子，開始只是「磚材」們的聚會，後來人開始多了，不是從海外歸來，就是從內地漂來，各個身懷看家本領，在香港社會佔一席重要之地。每到週末，搞手吳稼培就在糖廠街太古坊的泰國餐廳 -ThaiOrchids 等大家，每個人下了班過來，然後海闊天空的聊一個晚上，盡興而歸，吳稼培師是高級工程師，今年已經是高級主管，誰說學理工科的人不懂情趣，吳稼培不僅喜歡朋

友、詩和遠方，還喜歡古典音樂，終於娶了一個拉大
提琴的老婆姜馨來，我和蕭建偉在他們婚禮的那天也
有到場，很替他高興。

　　劉文和馬鋒是其中的一對律師，這兩個人也不簡
單，劉文當年以全省第一考入北京大學，現在又任政
協委員，還打了一手好高爾夫球，馬鋒呢，本來是個
牙醫，忽然去英國讀了個法律，回來成了知識產權方
面的專家。還有梁潔，做有關企業傳訊的工作，是專
才中年齡最小的，但最會講笑話最可愛的也是她。汪
偉的體育很好，是個長跑好手。通常我要做完晚間節
目才過去，他們一點也不在意，給我留了飯菜，很多
時候誰買單我都不太清楚，就那麼迷迷糊糊快快樂樂
的跟他們混了很多年。

　　除了專才，還有很多從海外歸來的專業人士，大
家朋友帶朋友，聚會的人越來越多，洪富強也是當時

的其中一分子，他從日本留學回來，從事有關建築的工作，此人溫文儒雅，就是愛開玩笑，我們用手機尾數稱呼對方，我叫他 1554，他叫我 8806，沒想到的是到了澳洲，收到這個圈子裏的第一封信竟然是他，真的讓我感動了許久。後來大家隨着生活和工作的改變，很多人離開了，也有很多人再加入，再後來成立的 Mandarin United Society 裏的人，有很多我已經不認識了，可是最初的那一批人，我們還是時常見面，朋友，還是老的好，就如吳稼培所說：記得的，通常都是美好的。

左起：姜馨來、梁潔、汪偉、我、吳稼培

左起：我、姜馨來、
吳稼培、蕭建偉

左起：劉文、馬鋒

1554 的來信

8806：

是時候回到家裏
是時候回到自己
穿上舊日綿布的睡衣
嗅嗅自己舊日的氣味
舊日片片的顏里
——噯？
依舊像初春的蝴蝶

澳大利亞音樂家 Jonathan Zwartz

在去澳洲之前，我對爵士樂一竅不通，即便現在我也不能說自己很了解爵士樂，可是喜歡爵士樂，的確是從認識了 Jonathan Zwartz 開始。

別人叫他 Zwartz，我叫他 Jonathan，因為 Jonathan 比較好發音，他也不介意，他給我的印象就是這樣，溫文爾雅，永遠一副好脾氣。其實在正式認識 Jonathan 之前，就聽過他的演奏，那是在一間酒店，我和芸（妹妹）去喝下午茶，剛好有人在演奏，一個鋼琴，一個爵士貝斯，一個薩克斯風，他們的音樂讓我駐足，彈鋼琴的先生應該上了年紀，滿頭白髮，可是他演奏的瘋狂和陶醉，還有鋼琴的處理技巧，讓

人驚嘆！當天貝斯手就是Jonathan，我實在想像不出低音貝斯可以這樣彈奏，那是我第一次非正式的聽爵士，一下子被吸引了，完全想像不出似乎毫不相干的旋律撞在一起，會有如此令人沉醉的效果。這個世界的事情有時候就是那麼巧，第二次見到Jonathan，是在 Martin Place 的 wine banc，朋友給了我兩張票，說他晚上有事去不了，叮囑我這是一間非常棒的爵士吧，一定不要錯過！結果那天晚上在爵士吧表演的就是Jonathan 和他的隊友，我和芸坐在第一排，看着他們在演奏，覺得很不可思議，自從酒店聽過他們的演奏，我一直後悔沒問這個樂隊的名字，如果知道了，可以去買張唱片也好，誰知又讓我遇見了。

中場休息的時候，Jonathan 過來打招呼，他竟然記得我，他說那天我也是坐在第一排，穿着同樣的衣

服，好像很喜歡他們的音樂，我好驚訝他能記得我，當他知道我在 SBS 做兼職主持，就説會把我和芸的名字放在嘉賓名單上，這裏每個週末都有爵士表演，有時是他們，有時他會邀請世界各地的頂級爵士樂團在這裏表演，我們成為名單上的嘉賓，就意味着以後不用買票，可以免費來欣賞爵士樂。他又問我，最喜歡哪首曲子？我只好實話實說，我一點也不了解爵士樂，只是覺得好聽，這是我第二次聽現場爵士演奏。Jonathan 笑起來，露出一排整齊的牙齒，他竟然說，如果你們哪天有時間，我可以帶你們去買些爵士唱片，然後給你們稍微講一下關於爵士樂……於是有一個星期天，Jonathan 開着他那輛白色小車來住處接我們，一個下午給我們講了很多關於爵士樂的歷史，也介紹了一些他認為優秀的爵士樂唱片。那時候，我真的不

知道他在雪梨的音樂界那麼出名，我只把他當成一個很好相處的朋友，而恰巧這個朋友會演奏爵士低音大提琴！後來才知道他是澳大利亞著名的作曲家，也被人稱為雪梨爵士樂的 landscape，也曾是 ARIA Music Award for Best Jazz Albumde 的得主。

那些留學的日子，在雪梨的週末夜晚，大多數的光陰，我們是在那間叫 Wine banc 的爵士吧度過，耳濡目染之下，我慢慢的開始進入了欣賞爵士樂的世界，也徹底喜歡上了這種音樂，留學結束回香港之前，我曾經帶着攝影師和燈光師去拍過他們的現場演奏，當時想做一個紀錄片，把他們的音樂介紹到香港，只可惜，後來因為種種原因，一直沒有完成影片。又過了很多年，收到 Jonathan 從雪梨寄來他剛完成的作品，《The Sea》，他說：有一天我會去香港，和你說一聲「hello」！

Jonathan Zwartz（左四）
寄給我的爵士專輯

出門遇貴人——李楠和由冀老師

我總覺得李楠是從天上掉下來打救我的。

那是剛到雪梨的第三天,我和芸住在之前在香港訂好的 homestay 裏,在香港預交了一大筆錢,卻沒想到 homestay 的老太太是個吝嗇到極點的東南亞女人,不僅提供不了足夠的晚餐,連洗澡洗衣服都要斤斤計較用水用電,我和芸沒吃飽,出來街上買些零食,正走着,有個年輕的亞洲男人用國語問我們,「是中國人嗎」?我和芸互相看了一眼,沒理他,於是聽他說:「噢,是日本人」!這我就不同意了,用國語衝着他說:「你有見過長得這麼好看的日本人嗎?」他笑了,「原來會說中國話,可以做個採訪嗎?我是 CCTV(中國

中央電視台）的……」我一下子笑出來，還真沒見過有人動用媒體來搭訕的，就對他説：「我是香港電台的，我也採訪一下你吧！」那是我們的第一次見面，這個年輕人就是李楠，他當時是中央電視台駐雪梨記者站的首席記者，他那天真的想做採訪，當然，後來誤會解除了，我們互留了電話，他説你們初來乍到，有甚麼需要幫忙的，就給我打電話，他是我們在雪梨認識的第一個華人，在當時，也是唯一一個我們認識的華人。

怎知道兩天過後，我們和老太太終於鬧翻了！我多少懂一些西方社會的基本人權保障，跟老太太説要去告她，老太太可能怕我斷了她的財路，和我商議可否不告她，給我退全款，我們想了想，還是不要一來就跟人結怨，陌生地方還是不惹小人，於是答應了她的提議，但是她讓我們第二天馬上搬出，這下難了，

幾個大箱子，也不知道該去哪住，連酒店也不清楚在哪，那時候如果網絡像今天這麼發達，一定不會難倒我們，我們左思右想，只能打給萍水相逢的李楠了，雖然很不好意思，但還是麻煩了他，誰知他二話不說，第二天就開車過來，幫我們安頓到一間服務式的小酒店，自此，我們成了朋友。

李楠說他本來在北京考入了醫學院，當了醫生，那你為甚麼轉行做媒體？他說，他發現很多時候醫生都醫不好病人，感覺很無奈，他受不了這種折磨，覺得當記者更開心。但是醫生的職業病還是會跟着他，我後來問他，李楠，老老實實，街上那麼多人，非過來採訪我們，是不是我們看上去……？我以為他會說，很漂亮，或者起碼也是很斯文之類，結果，我聽了想暈過去，他說，就是覺得你們看上去很乾淨。

李楠後來讀了博士，導師就是由冀老師，著名的

國際關係學者，也是一個非常好脾氣的人。我們離開雪梨前，要先退了租的房子，但仍然需要留幾天處理一些收尾的事物，想找個臨時的住處，李楠於是介紹了由冀老師的家，由冀老師剛買的房子，新裝修，竟然同意我們住進去，想一想當時真的年輕不懂事，由老師讓出最好的房間讓我們住，我們竟然毫不客氣的住了，還總有朋友來訪跟我們道別，家裏人來人往，由老師也一點不在意，現在回想，難道一切是命中注定的緣份嗎？

由老師後來去了澳門大學做系主任，特意過來看我，還請我吃了晚飯，我說：「由老師，你是客人，不是應該我請您嗎？」你猜由老師怎麼說？「我是男人，男人不應該讓女人付錢！」這樣的好老師，我感動得說不出話來了！

至於李楠，已經幸福的結婚生子，在從事教育交流的工作。

由冀老師和我

李楠和兒子

虎哥——孫韶宏

我實在想像不出來，他哪個地方和「虎」有關係，但是別人都叫他虎哥，我只叫他 Sunny，那是二十多年前的英文名字，人如其名，二十多年前的 Sunny，一臉陽光。

Sunny 走上攝影這條路我覺得一點也不驚訝，那時候我就發現他比別人有更細微的觀察力，對美的東西也特別敏感，包括美的設計，美的風景，美食，還有長得美的女孩，他都會欣賞，我們談得來，是因為玩得來，一起唱歌，一起跳舞，一起吃飯，還有很重要的一點，一起談心，當年的我們沒有手提電話，打電話都是打到家裏。有幾個人特別愛打電話給我，Sunny

是其中的一個，我們就在電話裏聊啊聊，聊到深夜，不知道那個時候，為甚麼會有那麼多的話講？可能年紀小，困惑特別多吧，累了睏了，然後一覺可以睡到天明，根本不知道失眠這個詞怎麼寫。Sunny 也喜歡講笑話，總是一大群人圍着他，聽他在繪聲繪色的講一件有趣或好玩的事，然後大家哈哈大笑，他也在笑，那真是一個無憂的年代，就是因為，我們年輕，年輕的時候，我們相遇，成為朋友，然後，就是一輩子了。

這些年，我們不在一個地方，見面的時候很少，當年那個陽光少年，從開始創辦雜誌，到開辦演唱會，到有了自己的廣告攝影公司，生意做的風生水起，這麼多年一步步走來，未見風霜，卻更見成穩，偶而我們也會通電話，説説自己最近的日子，他説，現在只做自己喜歡做的事，賺錢，已經是第二位了！

　　去年幫我製做了一個訪問專輯，在他的線上專欄「城記」播出，Sunny 說他想記錄下來各行各業的人，在生活中的小故事，不是生意，只為興趣，所以每一集都用心製作，播出後，很多人都讚好，我很感動他的執着，為了生活而活，不容易，但是，為了自己而活，更加不容易，願我們出走半生，歸來依然是少年。

「城記」拍攝中——我和孫韶宏（右）

喜歡攝影的 Sunny

威士忌哥——郭威

　　近些年郭威迷上酒，先在北京開了很多年的酒吧「格蘭」，這兩年又開了間「直人烈酒」，賣威士忌，儘管在香港長大，可卻是個祖籍山東的大漢，你一定會認為此人像武俠小說裏描述的一樣性格粗豪剛直，不拘小節，剛剛相反，我認識的郭威，溫柔細膩，喜歡古典音樂、舞蹈、打高爾夫球和美食，是個充滿浪漫情懷的人。

　　我們曾是香港電台的同事，他的聲音非常磁性好聽，天生做廣播的材料，可是他做了沒多久就離開了港台，據說當了好一陣子高爾夫球教練，結交了很多五湖四海的朋友，然後早早的北上下海開始做生意。

我們的交情是從家裏的小孩子開始，他有兩個和我兒子年齡相若的男孩子，郭威是個愛熱鬧的人，他們家一到週末，就會邀各方好友帶着小朋友開派對，家裏的工人會準備很多可口的食物，有時候他也會親自下廚，小孩子們在院子裏跳來跳去，大人們圍在客廳喝酒聊天，一直玩到天黑，聖誕節更是不能錯過，郭威的父親是早年北京地質學院的畢業生，會做生意也會玩，性格爽朗幽默，聖誕節會扮成聖誕老人，給孩子們派禮物，也會和好友們唱歌助興，那些年，我們是郭威家的常客，直到他離開香港去北京做生意，我也離開香港去了澳洲。

我們時而聯絡，他回來會找我出去喝酒，我去北京也曾光顧過他的酒吧，儘管見面不多，但我們是很要好的朋友，早些年無話不談，近些年，一切盡在不

言中，我們都曾經歷過生活中的不如意，但我們一直在努力的讓日子過得稱心如意。

我去雪梨，郭威囑託他的小姑姑給予關照，他的小姑姑是中國第一代的中醫女博士，是個整天掛着笑的中醫師，我們算是一見如故，小姑姑愛玩，週末總是和他的兒子文傑開車過來找我們出去喝茶逛街，有時候還去賭場碰碰小運氣，這一家人，都是喜歡交朋友，且對朋友極好的那種。

寫這篇文章的時候，郭威人在香港，他告訴我他的母親病危，接到消息他馬上從北京趕了過來，可是卻無能為力，聽得出電話裏他的無奈和焦急，他很少公開談及自己的母親，但有一次見到，郭威介紹說是她的媽媽，我才發現她的母親是那麼優雅端莊的女士……

我和郭威

同窗的你──
李揚、金淼、陳靜、章莉

　　李揚、金淼、陳靜、章莉和我，中學的時候，曾經同班一年，李揚和金淼坐在我們前面，我和陳靜坐在他們後面，我們很喜歡麻煩前面兩個好脾氣的男生，李揚和金淼是有求必應型，忘帶甚麼文具啦，沒聽到老師講的功課啦，只要用鉛筆在他們後背捅一下，小聲說出要求，就一定可以滿足我們。

　　陳靜是優等生，每次大考都名列前茅，金淼成績也不差，李揚和章莉也是會用功的好孩子，最落後的應該是我，其實那個時候，我真的不覺得應該全力以赴的讀書，就像現在我覺得工作不是人生的全部一樣，

總得做些有意思的事情，才不會辜負青春好年華，所以成績怎樣，我一點也不介意，我每天很忙，忙些我感興趣的事，不像他們，把全部時間用來讀書。

可是我不介意，我的父母介意，我的老師們也很介意，他們覺得當年以全校第二名的成績考入這間學校的我，不應該是這樣，總是對我苦口婆心的勸說，時間長了，我相當鬱悶，乾脆很少和人說話，天天沉醉在詩詞歌賦或是某個故事的角色裏，不能自拔，表面看上去，有點冷冰冰的，李揚是唯一可以逗我笑的人，他永遠是一本正經的樣子，可是說出話來卻有意想不到的噴飯效果，他不落後，但也不積極，似乎也很了解我的感受，從來不在我面前嘮叨學習的重要性，知道我喜歡聽歌，就錄給我很多歌手的卡帶，我還記得第一次聽到張雨生唱《我的未來不是夢》，我的腦

子裏忽然想起了李揚的樣子。

有一次大考結束，成績不理想，待在家裏愁眉不展，李揚打電話來，說帶我出去照相，那個時候的我們很少拍照，李揚喜歡攝影，不知道誰送了他一台相機，我一聽很高興，馬上換上一條新裙子跑了出去，那天下午，他幫我拍了很多照片，多虧他，我的中學時代留下了一些照片，也多虧他，我那陰天了很久的心情終於放了晴。

中學結束，各奔東西，從此開始了彼此不一樣的人生，李揚娶了我們學校的另一位美女——張萱，金淼很少露面，陳靜在加拿大專心陪兒子成長，章莉先在英國留學，後來去了多倫多，他們在事業上也都小有成就，我呢，每天還在忙着我自己感興趣的事。

後左起：李揚、金淼、前左起：
張萱、我、陳靜

左起：張萱、陳靜、我、章莉

第二章：
遇見

喜相逢——法國女孩 Ursula Young

　　大學教書的好處，每天都和年輕的學生打交道，儘管時光不再，年復一年歲月流過，可是總會有錯覺，以為自己還很年輕，好處之二就是很多學生認識你，走在路上，不知道會撞到哪一屆的面孔，笑盈盈的和你打招呼，問你：您還記得我嗎？說真的，我的記性哪有那麼好？可是我記得你的笑容，永遠是那麼燦爛。這種情況在香港時不時發生，在外地，機率會比較小，但是如果他們發現我來了，還是會相約見面。

　　有一年在上海，法國女孩烏素拉從臉書上知道我要過去，就約我在一間咖啡店喝下午茶，她曾經在我的學校讀碩士，我沒有教過她，可是當時她的同學介

紹她認識我，她和我聊得很開心，就成了朋友，她的網球打得很好，中文也不錯，非常迷戀中國文化，讀完書回到法國後，一心想回到中國，結果找了一份上海教書的工作。我們大概有三四年沒見，她說她在上海用中文教小學生跨文化課，我很驚訝上海的小學已經有這麼時髦的課程，而且她自己租了一個小公寓，儘管人工不高，可是夠養活自己，還交了很多朋友，「法國南部我住的地方很漂亮，可是沒有意思」，她對我說，我看到她漂亮的藍眼睛閃着光彩，相信是心裏話，「就是還沒有男朋友」，她說得有一絲絲惆悵，原來，找不到合適的男朋友是個國際課題，全球女性都要同樣面對。時間過得很快，我們在灑滿梧桐落葉的外灘路上揮手道別，她說，老師，見到你，真好！人生何處不相逢，在韓國，在荷蘭，在英國，在內地，

都曾見過我的學生，我和長大了的他們相逢在異國街
頭，充滿喜悅。

　　一年前傳來烏
素拉結婚的消息，
新郎是個很高大和
善的男孩子，和她
站在一起很相配，
所以，總會有個
人在這個世界的
一個地方等你，
還沒有遇見，千
萬不要着急，只
是時間還未到而
已。

Ursula Young（左）和我

有緣之人——金聖華教授

金教授總會出現在我每一段的日子裏，很有意思的是，我們事先並沒有約定，就是那麼巧，總會碰上面。

最早的緣份是在香港電台，有一次在廣播道三十號的大堂，我去接嘉賓做錄音，看到一個打扮很入時的女人，很優雅的坐在沙發上，香港電台的大堂經常會坐着各種各樣的人，所以沒有在意，走過的時候，這個女人忽然站起來，范玲，你好！看到我一臉詫異，她接着說：你不認識我了嗎？我是金聖華。天哪，我忽然想起來，只是我怎麼也不會把打扮時髦的女人和大學學者聯想在一起，而且是這位翻譯界響噹噹的客

座教授。

第二次的緣份，是我莫名其妙地進了中文大學教書，當時的海景職員餐廳，舉辦新入職的同事迎新會，金教授也在那裏，她發現了我，很熱情的過來和我打招呼，然後把我介紹給大家，並請我現場講幾句話，可能她覺得即興演出不會難倒一個做了這麼多年現場節目的人，可是事出太突然，按大學的傳統，公開發言是要用英文的，我還很不適應那種學術圈的氣氛，當時腦子一下子轉不過來，都不知道自己說了甚麼，事後很懊悔，覺得應該說得好一點，心裏有點過意不去，或許，對於英文要求甚高的金教授，會對我失望了。

接下來的幾次碰面，都和白先勇先生和林青霞女士有關，只要我參加有關白先勇先生的交流活動，一

定會見到金教授,只要我碰到金教授和青霞姊,一定
是在半島酒店的下午茶時間。我很驚訝白先生如此高
齡仍然氣宇軒昂,我也很榮幸因為金教授讓我認識了
兒時偶像,還有機會合照一張。我更佩服金教授的生
命力,不僅博學,還把自己的生活過得多姿多彩。

我去澳大利亞
讀碩士,是金教授
幫我寫的推薦信,
我完成了博士,當
然一定要告訴她,
她的短訊傳來:這
是很大的成就!層
樓更上!

金聖華教授

我和林青霞女士（右）

我和白先勇先生（右）

永不疲倦的劉令茵律師

有段時間和香港律師會合作，每個星期會有一個律師來港台，和我一起主持一個雙語節目環節，主要普及一下聽眾的法律知識，當然，我也順便普及一下，奇怪的是，那麼多年過去之後，哪些律師上過我的節目，我竟然想不起來了，估計可能就是因為當年其中唯一的女律師太出眾了，因為她是過來做節目的唯一女律師，所以我記住了她，而且，我們做了朋友，一做就做了很多年。

主要促使我們談得來的，不單是她是節目中唯一的女律師，我並沒有性別歧視，按常理，我應該記住幾個長得很帥的男律師才對，可能很可惜，當時對帥

的標準有點高，但是劉令茵確實很亮麗的，她的皮膚很好，從不化妝，戴着眼鏡，說話有點快，但充滿自信和無窮活力，我們在節目裏聊法律，下了節目聊起了私事，女人多數的好朋友，其實就是因為分享了對方的一個私人秘密，而從此心照不宣，一見如故。

我一直以為自己很懂得生活樂趣，但自從認識她，才發現世界上好玩的東西實在是無窮無盡，可是你必須有足夠的精力，劉令茵是個對世界充滿好奇的人，總會探索新的事物，但她就是可以有無窮的精力。早些年，她的律師事務所工作非常繁忙，經常加班到很晚，但她下了班，照樣可以參加各種她認為有意思的活動，總覺得她無時無刻不在為自己增值。由於她的緣故，我也認識了很多到現在很要好的朋友，擅長表演的王維，廣告帥哥為人敦厚的 Ken，還有很多有意

思的人，最近幾年，她又在忙着公義的工作，當然，也不忘記在教會幫忙，她也是引領我認識天主教的第一個人。

我曾問她：你不累嗎？學這麼多東西，做這麼多事情？她笑着搖頭，那你最想做的事是甚麼？她想了一想，認真的說：像德蘭修女一樣，幫助有需要的人。

如果是別人這麼說，我一定大笑起來，可是劉令茵不同，我相信這是她的真心話。

我和劉令茵律師

眼科醫生——周伯展

　　認識周醫生，也要追溯到香港電台年代，當時香港醫學會和普通話台有個合作節目環節，每個星期派一個醫生來港台，和我一起主持雙語的節目，主要談一些疾病的預防和保健的知識，有很多醫生參與這個節目，周伯展醫生是其中一位，但是周醫生不是只會參與醫學類的節目，其他的訪談或評論節目，有時候也會邀請他出席，他很和善又健談，每次都會找時間盡量配合我們，所以，主持人們都很喜歡他，慢慢的也跟他熟絡起來了。

　　儘管做醫生是周醫生的正職，而且他一直也投入了很多時間精力在社會的公益項目上，尤其是對內地

的醫學支援項目，更是熱心，但是那麼忙碌的日子並沒有令他變成一個呆板嚴肅的人，相反，他很多才多藝，也愛和大家玩在一起，聽說他的鋼琴彈得相當不錯，可是我一直沒有機會欣賞，但是周醫生跳舞我還是見過一次，那次是 Mandarin United Society 在中文大學主辦了一次懷舊晚會，當晚很多嘉賓出席，周醫生是其中一位，晚會有很多環節，也有跳舞的環節，興致濃時大家跳起舞來，很多人結束的時候還意猶未盡，那真是一次美好的回憶。當晚中央電視台駐香港記者張立中偕攝製組跟蹤報道，節目後來在中央電視台的新聞聯播以新聞專題的形式播出。

　　近幾年儘管比較少和周醫生見面，但時不時讀到他在報紙上發表的文章，上一次碰到他是在拔萃男書院 150 週年晚宴上，很遠看到一個人精神奕奕地走過來，「范玲，你好嗎」？聲音和笑容還是和以前一樣。

懷舊晚會流程

在過去那些古老的日子裡
總有一些似乎被人遺忘了的東西
不經意的流傳了下來
像咖啡的香氣
回盪在記憶裡
久久不能散去
今夜，讓我們重溫舊日的美麗時光…

懷舊晚會流程

1700	Reception & Free Talk
1815	Party Kick-off
	Guest Talk
1830	Dinner
1915	Game 1 **(Know You, Know Me)**
	Guest Talk – Old Shanghai Life Style
	Game 2 **(Let's Dance if You Can Catch Me)**
1930	Dance
2050	**Guest Talk** – Mr and Ms Stylish Awards Presentation
2055	Closing Address – MR
2100	End

周伯展醫生在武漢長江大橋

台灣妹妹——李雯鈴

　　李雯鈴的英文名字是 Michelle，最初認識她，是在雪梨的碩士班，本來碩士學傳播的就不多，碩士班裏多數是像她那樣讀完本科就升上來的學生，年紀小我好幾歲，如無必要，上課來下課走，我不太和這些小朋友交往，因為他們課餘的活動，比如唱歌，比如打遊戲，我都不是太熱衷，所以代溝這種東西，可能真的存在。

　　但在西方的教育制度裏，是不可能單獨學習就能完成學業的，一定會有很多小組合作的機會，不管是電影課，還是理論課，都有機會和其他的同學一起合作報告或拍攝，Michelle 和我分在了一組，組裏的其

他成員，現在印象模糊，但 Michelle 比她相若年齡的女孩子思維略見成熟，也很善解人意，所以我們便成了朋友。

彼此的了解多了，才知道她來自一個家境非常富裕的家族，可是你在她的外表找不出一絲奢華的痕跡，她很節約，有時候還會教我怎麼節省經費，不像很多有錢家的孩子滿身名牌，開着名車滿世界兜風，唯恐天下不知道他是富二代。Michelle 的這種低調溫婉的性格，讓我很喜歡這個來自台灣的小妹妹，這麼多年，即使她回了台灣，我們也一直保持聯絡，她來香港，也會來看我，上一次帶着兩個小不點兒，她的一對龍鳳胎來香港，我們一起匆匆的在金鐘的夜上海吃餐飯，大家都感慨，時間過的真快。我問她：「老廖怎麼沒來」？老廖是她的先生廖堅余，當年也在雪梨上學，

一個帥帥的臉上永遠掛着笑的好脾氣男生。「他在忙
着看舖子做生意啊，賺錢養我們……」她的臉上掛着
幸福的微笑。

我和 Michelle（右）

我們的樂隊——
劉春澤、劉韻暉、劉振鵬、楊瑩

　　上學的時候，我們曾經成立過一個樂隊，本來毫不相干的幾個人，因為喜歡音樂走到了一起，那是一段美好而快樂的日子。

　　劉春澤負責彈吉他，劉韻暉負責打鼓，劉振鵬負責鍵盤，楊瑩和我負責拉小提琴，除了劉韻暉不開口唱歌，每天拿着鼓槌就只打鼓，其他人都輪流當主唱，劉春澤的聲音很磁性，劉振鵬的樂感很好，三個人有時也會為了某個節拍的處理發生矛盾，我通常是和事佬，負責調停，楊瑩年紀最小，沒有甚麼發言權，只會睜着大眼睛在旁邊笑。那段日子，上課似乎是副

業，下了課直奔學校禮堂，練琴似乎才是正職，我們會一起研究每一首曲子的旋律，節奏，怎樣配和音，也會自己用簡易的裝置錄音，然後一遍遍的修改，直到滿意為止，有一次太投入，大家都忘了時間，玩到了十二點，結果過了學校的關校時間，大門上鎖了，大家用了九牛二虎之力，互相扶持，才爬牆出了學校，通常患難之中見真情，我們成了患難之交，一交就是一輩子。

我們也曾代表過學校演出，可是那次好像沒拿到獎，大家都太緊張，把音量調得很大，於是現場的效果很不好，沮喪之餘並沒有減低參與樂隊的熱情，嘻嘻哈哈一起吃一頓飯，煩惱就會忘到九霄雲外。

後來的我們，誰也沒有從事和音樂有關的工作，劉振鵬成了電腦專家，劉春澤信了佛，雖未入佛門，

但也過着心平氣和的小日子，劉韻暉曾經做生意很成功，遇到了太太之後，一起移民去了歐洲，開始新生活，楊瑩自從嫁給了一位醫生，就很少可以聽到她的消息。我們偶爾會在網上聯絡，問問近況，聊聊從前，話語之間，大家總是忘不了那段年少輕狂的歲月。

前排左起：劉春澤、劉韻暉；
後排左起：我、楊瑩

我們的樂隊：左起：劉韻暉、
劉振鵬、尚文老師（音樂老
師）、劉春澤和我

資深少女：林盈盈和黃彩莉

為甚麼是資深少女？我來解釋一下，因為實際上已經過了少女的年齡，可是內心依然像少女般充滿無限憧憬，當然，也努力的在外表與少女看齊，所以，我們稱自己為「資深少女組合」，我、林盈盈 Ivy 和黃彩莉 Lorena。

我們相識差不多十年了，大家都是媽媽，開始是在交換相夫教子的情報，漸漸的，大家越聊越投契，我們都喜歡美食，喜歡扮靚，喜歡旅行，也都注重孩子的教育，甚至在很多愛好上也很一致，自然而然的，大家成了無話不談的好朋友。

我們第一次的集體活動是去畫畫，林盈盈找到一

間中環的畫室，我們在那裏消磨了一下午，儘管畫得很不專業，但還是努力完成了一幅作品。有時候，我們也會聚在一個人的家裏，如果她家老公剛好出差，我們一定把酒言歡，聊到深夜。每年大家也會記得彼此的生日，這對我們來說是一個隆重的約定，為生日那天的資深少女準備鮮花和禮物，送上祝福，已經成了這幾年不變的節目，然後大家再美美的吃上一餐，痛快的聊一個晚上。

做媽媽，其實是世界上最艱辛的工作，一天也不可以間斷，也不可以說辛苦，可是做媽媽不是意味着要失去所有的自我，你越自己增值，你越會對你的孩子有說服力。林盈盈把自己的時間排得滿滿的，除了陪孩子和先生，她還去學日文，上瑜伽，學畫畫，黃彩莉的日子也是忙得不可開交，除了要照顧三個孩子，

還要打點家裏和生意上的瑣事，但我們還是會抽時間在一起，甚至一起去旅行，日本韓國，我們都玩得很開心，除了充電，最大的收穫是彼此間的打氣，女人，不僅要美麗，還要自強，還要愛自己，這樣你才會好好的愛你身邊的人，而你，也會得到更多的愛。

一起去畫畫

一起去旅行。左起：林盈盈、黃彩莉和我

柔情女俠——張寶瑜

　　我和她算是一見如故，沒見幾面竟然可以聊到熱火朝天，張寶瑜大我幾歲，我稱她寶瑜姊，第一次聽寶瑜姊講她中學的故事，特別過癮。她讀的是台灣高雄市高雄第一女子中學，因為是女校，女孩子們通常三五知己，玩在一起，有一次看到一個女生很難過，原來是失戀，被男校的男生毫無原因的甩了，寶瑜姊的俠義精神馬上出來，二話不說，叫上幾個女生，拎起棒球棒，衝去男校去教訓那個男生……聽到這裏，我已經笑得不能停下來，通常這種事情只會發生在武俠小說裏，或是男校的男生之間，行如此仗義之為，女生拎棒球棒替人打抱不平，還是第一次聽說，而我

　　眼前的寶瑜姊，正是這樣的女子，有着巾幗不讓鬚眉
的風範，就算現在，她的朋友也很多，從香港到台北，
從台北到北京，從北京到上海，朋友多是因為她是一
個處處為朋友着想，維護朋友的人，就像我，一個不
小心，做了她的朋友，時不時都能感覺日子裏多了一
份關懷和照顧。

　　儘管寶瑜姊像一個女俠，可是她卻是一個能書會
畫的女俠，她在大學就讀於台灣實踐大學，這是一所
台北的私立大學，這所學校的辦學理念是「力行實踐、
修齊治平」，最初是家政學校，只招收女生，專門培
養治理家庭的能手，很多台灣當時的政要的夫人，很
多是出自這所學校，後來慢慢變成一所多功能大學，
寶瑜姊自小習字，畫國畫，七歲學顏體，十歲學梅蘭
竹菊，十三歲學山水畫，大學畢業在新聞局實習，她

的十八般武藝很能派上用場，因為要常常接待外國使節夫人們，所以總是親自上陣表演。每到過年，收到寶瑜姊的賀卡，才有機會發現她的中文字很不一般，是個慧外秀中的才女。

這些年的寶瑜姊穿梭在香港和上海之間，自八十年代起，踏足商界，已經在江南一代創下了不少餐飲品牌，我很榮幸的有一年光顧了她在蘇州的餐廳OMBRA，傍在湖邊的餐廳，風景秀麗，那晚，品着紅酒，吃着牛扒，聽着現場的鋼琴，我差點忘了自己是在蘇州。蘇州離上海很近，寶瑜姊介紹了她在上海的學妹 Clara 林杏芳女士給我認識，任職上下品牌總監的Clara 請我們到她的茶室品茶，把親自泡的好茶，盛在上好的收工白瓷茶杯裏，讓我們品嚐，茶香裊裊，到現在似乎還能憶起微溫的茶杯捧在手裏的感覺……

寶瑜姊說她很喜歡那句話：「你若盛開，蝴蝶自來，

你若精彩，天自安排」，她總跟我講，「無論男女，對於自己的人生一定要有危機感，你才會不斷學習進步，說白了，自己要有強大的實力，才可以掌控自己的人生」。這些年，她一直出境入境，走了很多地方，見了很多人，做了很多她想做的事，她一直在掌控着她自己的人生。

寶瑜姊曾經推薦過一部微電影給我《養得起的未來》，裏面有句話：「老了，我可以繼續當你一起吃飯的好朋友嗎？」我想說，「我們，一定會是」。

左起：張寶瑜、林杏芳和我

第三章

說走就走的旅行

我在三萬英呎的高空

剪不斷

理還亂

止不住

望着漫天的雲

開始想念……

巴黎

"If you are lucky enough to have lived in Paris as a young man, then wherever you go for the rest of your life, it stays with you, for Paris is a moveable feast."

——Hemingway

很久沒去巴黎了，上一次是在 2014 年，特意選了在左岸靠近巴黎大學的一間酒店，附近就是拉丁區最古老的街區 Rue Mouffetard，據說在法國大革命之前，這個區用的語言大多都是拉丁文，老師和學生上課用拉丁語，甚至在課餘的日常生活中也是用拉丁語說話，

拉丁區因此而來，現在的拉丁區，還是有很濃厚的文
化氣息，街上隨處可見劇院，咖啡館和圖書館，學生
和教授也特別多。海明威和他第一任妻子 Hadley 的
家就在酒店不遠的街道，Rue du Cardinal-Lemoine，
他們只在那住了一年，1922 年到 1923 年，現在已經
成了著名的景點，門口牆上的牌子就刻着海明威的名
句，《流動的饗宴》（*A Moveable Feast*）裏的那句話

"*tel était le Paris de notre
jeunesse, au temps où nous
étions très pauvres et très
heureux*"，從下面望上
去，窗子不大，估計屋子
裏的光線不會太好，但
那時候的人可能真的不

海明威的家

在乎，藍色的大門掛着大大的 74 號，站在那兒，我想
像了半天大文豪出入的樣子，但有一點可以肯定，海
明威住在這裏，肯定不愁吃的和咖啡，因為周圍都是
咖啡館和餐廳，熱鬧得很。

　　以前每次到巴黎，必訪莎士比亞書店 Shakespeare
and Company 和花神咖啡店 Café de Flore，上次去的

莎士比亞書店

時候，書店的舊主人老佐治已經不再了，他的女兒接手書店的生意，依然人來人往，有的來觀光，有的來買書，樓上還是那架舊鋼琴和零星角落裏的椅子，可確有些說不出的不同，這裏以前曾經為貧窮的作家和旅人提供免費的住處，據說接待過四萬多人，被稱為「書店裏的烏托邦」，後來幾部浪漫電影在這裏取景，令人們誤解這裏是邂逅浪漫的好地方，於是遊客從四面八方而來，真不知道是不是好事情。至於咖啡，我並不是特別熱衷，喜歡的是咖啡店的氣氛和情調，花神的咖啡出名，可是我覺得巴黎好喝的咖啡不只那一間，真的太多了，可是，如果一定要緬懷一下歷史感，還是要去這些地方朝拜一下的，一生人至少一次。

　　喜歡巴黎，還有一個原因，這裏好看的東西太多了，品牌就不用提了，有的人專程過來就是為了買手

袋，如果你來了巴黎，就是為了買手袋，那你就太虧了，手袋哪裏不能買，世界連鎖店太多了，來了巴黎，就應該消費一下花都的美，塞納河邊，盧浮宮旁，就算看街上的行人，也是各有特色，隨處可見帥哥美女時尚達人，還有法國餐，大家想到的一定是晚餐，法式晚餐固然美味，但是如果有機會，應該選個陽光明媚的早上，睡到自然醒，吃一個豐富的法式早午餐，感覺很不一樣。記得有一次，我住在凱旋門附近一間帶花園的酒店，那時是夏天，巴黎的夏天很涼爽，那是一間家庭經營的酒店，沒有設定客人的吃早餐時間，總之你在中午 12 點前起床都有得吃，早上起來（其實已經快到中午），依稀記得早餐是在花園裏，除了雞蛋，牛奶麥片，還有新鮮的牛角包、奶酪、水果、果汁和一小杯香檳，快樂的老闆娘告訴我要慢慢吃，咖

啡水果用完可以再去添，我還記得陽光照在她白皙的
皮膚上，透着光亮，她一直在忙着給各張桌子送食物，
可是臉上一直是燦爛的笑容，我猜，她一定很喜歡她
的工作，當你在巴黎，在那麼美的花園裏，那麼好的
陽光下，慢慢地享
用完一個豐盛的法
式早餐，相信我，
忽然有種莫名的
幸福感。

布拉格

"Prague never lets you go...this dear little mother has sharp claws"

——Franz Kalka

　　來布拉格，你一定要準備一雙舒服的鞋，因為步行是體驗這個城市最好的方式。這個城市隨處可見歌德式、巴洛克風格的建築，當你站在高處，那一片豎立着塔尖的紅屋頂，感覺自己來到了童話世界。

　　每一次來，我都會住在同一家酒店，這家五星級的酒店前身是一個 14 世紀的修道院，和其他五星級酒店不同的是，沒有那種奢華的場面，進酒店大門之前

是個院子，客房位於巴洛克建築裏面，每一間都有不同的特色，有些可以看到花園，不知道為甚麼運氣那麼好，每次來都被免費升級到豪華套房，有客廳和露台，備有古典的家具，高大的窗和拼花的地板，就算不出去待在裏面，都是一種享受，但話說回來，來到布拉格，怎麼可能不出去呢？其實選擇住在這家酒店的原因，就是因為離查理橋只有幾步之遙，

查理橋上

查理橋，喜歡看韓劇的人，肯定看過《布拉格戀人》，據說在查理橋上接吻，會相愛一生，所以你會發現查理橋上的情侶特別多。

其實不單是韓劇，有二十多部電影也是在查理橋上拍的，大家一查就會知道，不用我在這裏複述，布拉格共有 18 座橋，為甚麼查理橋這麼出名？除了是最古老的橋之外，橋上 30 座形態不一的雕塑也是吸引人們前來的原因，還有那些不知名的傳說，橋上有幾處雕塑被人們摸得閃閃發亮，因為有傳說摸了可以有好運，我問過當地人，有好幾個版本的傳說，有的是可以實現願望，有的是重返布拉格，有的是交好運，到底哪一個是真的呢？當地人笑了一笑說，都是真的，你相信就是真的，我感覺他在給我灌輸心誠則靈的道理，那好吧，每一個我都去摸了一下，結果，我真的

有重返布拉格，至於有沒有許願，靈不靈？這是個秘
密，不能告訴你，要等你自己去體驗。

好運體驗

我說的當地
人，其實是在酒店
門口斜對面街角開
舊書店的一位老先
生，每次來我都注
意到這家書店，都
是二手書，還有
二手明信片，雜
誌，照片，有德
文，也有英文，
有些是人們捐出
來，有些是老先

生自己蒐集的，他有時候坐在門口抽煙，有時候戴着
老花鏡將自己埋在書堆裏，有客人來他也不在意，我
問他那些書賣不賣，他說大部份不賣，但是如果你真
喜歡，我可以送你，他見我對兩本郵票冊愛不釋手，
於是選了幾張明信片一起送給我，我堅持自己買，總
覺得老人家一天做不了幾單生意，想略表心意，可是
他一直搖頭，堅持不收錢，他說，他看到有人真的欣
賞他覺得有價值的東西，比甚麼都重要，那你怎麼維
生呢？他又笑了，原來他是退休的大學教授，舖子是
他自己的，不用租金，書也都是他的，他每天來只是
一種滿足自己愛好的方式，賺錢其實不重要。

當時我就在想，其實捷克有多少這樣滿懷理想的
人呢？卡夫卡算不算呢？因為布拉格幾乎大街小巷的
遊客紀念品都會有卡夫卡的影子，舊城堡裏面的黃金

巷 22 號，因為卡夫卡曾在這裏住過，變成了著名的景點。卡夫卡在布拉格出生，這個講德語的猶太人其實很不喜歡自己的猶太身份，但這並沒有改變或影響他的創作，他住過的地方不只那間 22 號藍色小屋，還有很多地方，估計保留下來的可能只有這間，屋子相當簡陋，已經變成賣卡夫卡作品和紀念品的商店，每個人都忙着在門前照一張相，這是可以理解的，畢竟山長水遠來了一趟，可是在這些擠着拍照的人群中，又有幾個真的讀過卡夫卡的作品呢？我猜，一定不會是所有人都讀過他的作品，但現在起碼值得高興的是，所有的人都知道布拉格有個叫卡夫卡的作家，我當然也不免俗套，在 22 號藍色小區前留了影，當然，也買了他的兩本書，儘管之前也有類似的版本，但真的從布拉格卡夫卡住過的地方買回來讀，有好像感覺很不一樣。

卡夫卡的 22 號藍色小屋

卡夫卡藍色小屋內

布達佩斯

"Budapest is a prime site for dreams."

——M. John Harrison

　　以前我從沒想到自己會去匈牙利，就像沒想到布達佩斯是那麼美一樣。

　　因為我所任教的大學和匈牙利行政大學有交流項目，所以從 2015 年開始，我先後去了布達佩斯好幾次，也認識了一個非常有意思的人——貝山老師（P. Szabó Sándor），其實他是匈牙利行政大學社會研究學院的院長，也是一位漢學家，但是他喜歡別人叫他貝山老師。

第一次見貝山老師，是在我抵達學校賓館的第二天，他的助手周偶老師，也是一個地道的匈牙利人，也能説一口流利的中文，安排我去見院長，原本我以為院長只是例行公事見一下面，實在沒想到後來和院長成了好朋友，也沒想到院長居然這麼年輕，還説得一口流利的普通話。當天晚上，貝山老師給我介紹了他的「天使」，他這麼稱呼他的夫人，還請我吃了地道的匈牙利餐，席間，談完公事，他開始不停地講笑話，當時的我真的好驚訝，怎麼會有把中文運用得如此地道的老外？我們聊得很愉快，我也似乎忘了他是院長，後來每次去匈牙利，都是貝山老師親自去機場接機，多忙都親自送機，有時候覺得他似乎比中國人還中國人，可是他卻是地地道道的匈牙利人，但對漢學有很深的研究，有一次他很興奮地和我説，他們正

在進行的研究，據說在匈牙利的小鎮發現了中國元朝
大軍的足跡，貝山老師住在離布達佩斯不遠的「山丹
丹」小鎮，而且在著名的景區巴拉頓湖有個別墅，他
們兩夫婦總是邀請我前去作客，説要我品嚐一下他們
親自釀的白葡萄酒，可惜的是，每次我的行程都很匆
忙，到現在還沒機會到他的府上作客。

我和貝山院長

說起巴拉頓湖，是歐洲最大的淡水湖，我找了一個司機兼導遊，請他帶我去巴拉頓湖逛一逛，時間很緊，只有一天，導遊問我，你最想去哪，因為那裏很大，要有選擇，否則一天逛不完，我想了想說，就看看自然風光吧，不要去參觀甚麼商店

巴拉頓湖

工廠，我沒有興趣買東西，估計導遊是個實心眼，聽到我說「自然」這個詞，就安排了行山的節目，他把車開到了一個山腳下，然後讓我跟他走，告訴我沿途有很好的風光，到了山頂，可以俯瞰整個巴拉頓湖，

開始我很高興他的提議，誰知走了兩個小時體力有點不支，好想坐在地上，最終在導遊的鼓勵下堅持爬到了山頂，果然，看到了一望無際的秀麗風光，那真是一次畢生難忘的經驗，我也不知道自己原來可以那麼能走⋯⋯當然，下了山，我又去了葡萄酒莊，在碧藍的湖邊慢慢小酌，像很多當地人一樣。

在布達佩斯，第一次來，一定會逛漂亮的布達皇宮，尤其在晚上，燈光令布達皇宮看上去像是童話的宮殿，後來幾次，我選擇住在佩斯多瑙河旁邊的酒店，其實就是為了晚上看布達皇宮，貝山老師不

夜幕下布達皇宮

理解為甚麼我不住學校的免費賓館，而選擇住酒店，他說，你真的很浪費錢，可是我覺得人生可以遇見的美景，總會轉瞬即逝，假如條件許可，為甚麼不去盡情享受呢？我沒有告訴他，其實我喜歡晚上不開燈，拿一小杯紅酒，坐在房間裏，窗子正對金碧輝煌的布達皇宮，那些燈光反射在多瑙河上，令我很是着迷和陶醉。

公幹之餘，我喜歡去泡溫泉，匈牙利的溫泉很出名，一點不比日本遜色，這裏有很多大大小小的溫泉浴場，有露天的，也有室內的，最大的百年浴場是男女同浴，每個人穿着泳衣，泡在熱氣騰騰的水裏，可是如果你覺得很多帥哥美女想養一下眼，那你就錯了，這裏老年人居多，大部份的當地人是上了年紀的，估計可能年輕人還是消費不起，門票還是有一點點貴，

我比較喜歡去男女浴場，因為大，而且人們比較斯文，但是女性的浴場，有一點不太受得了，規定是要穿浴衣或包毛巾，可是偏有為數不少的大媽，喜歡赤裸裸走來走去，可能覺得大家都是女人，無所謂，可是我泡在水裏，總覺得時不時眼前有幾團肉晃來晃去，很不自在。但是溫泉的確是很好的養生方法，怪不得匈牙利的女人皮膚看上去那麼好。泡完溫泉，假如還有時間，我還會跑去做 facial，因為這裏的溫泉品牌世界出名，而且品牌的護膚品比香港便宜一大半，每次去大罐小罐的買，結果和護膚品店員買出感情，她們開始給我很多折扣，還送我免費的面部和身體護理，感覺在布達佩斯的那幾天，人一下子變漂亮了！

當然，吃喝玩樂在享受項目之首，就是吃，布達佩斯的食物很好吃，還不貴，鵝肝是名菜，幾乎家家

都有，當然也有著名的烤小牛肉，吃完飯，我這種偽小資，一定會光顧咖啡店，布達佩斯大大小小的咖啡店太多了，被評為世界最美的紐約咖啡店就在這裏，裏面真的很美，完全可以想像當年奧匈帝國的輝煌。

　　有時間的話，布達佩斯，真的是一個可以一去再去的好地方。

紐約咖啡店

里斯本

"The train slows down, it's the Cais do Sodré. I arrived to Lisbon, but not to a conclusion."

——Fernando Pessoa

　　四月的里斯本，天氣有一點清涼，但很舒服。從酒店的窗戶望出去，花花綠綠五顏六色的建築盡在眼底，真的有種「糖果城市」的感覺。有部電影《里斯本的故事》（*Lisbon Story*）就是紀錄了里斯本各種各樣的城市聲音，特別記得電影中有一幕，石台階的旁邊蹲了一隻慵懶的貓，電影中的男主角和貓打了聲招呼，然後離開，那一刻似乎強烈的感受到生活化的里

斯本，電影裏拍的地方正是阿爾法瑪區，也正好是我下榻的老城區，著名的 28 號復古黃色電車也在附近，幾乎所有和里斯本有關的明信片都印着這架古老的電車，所以第一時間趕到車站，怎知已經誇張的排了幾個街口的長隊，一般來說，如果需要排很長隊的景點，我一定放棄，但這一次不同，因為坐這架電車可以看到最里斯本的城市風景，所以堅持站了兩個多小時，終於登上了這家復古電車。

28 號電車葡萄牙語是「Elétrico 28」，從馬琴莫妮斯廣場（Martim Moniz Square）開到普拉澤雷斯區（Prazeres District），全程四十分鐘，經過里斯本最高峰的聖喬治城堡（Castelo de São Jorge）以及太加斯河（Tagus River），然後電車會駛入龐巴爾舊區，老舊上城（Bairro Alto），以及希亞多區（Chiado），沿途有很多高高低

低的山路，有時候會穿過很窄的小路，很是驚險，可是
司機應該慣了，兩邊的路人也應該慣了，有幾次，我以
為車子就要擦到路邊咖啡店的室外小桌子，怎知就在離
桌子一吋的地方，車子安然駛過。最後電車抵達終點站
Campo Ourique，終點站附近有一個很宏偉的建築，以為
是甚麼名勝，本想去參觀一下，一打聽原來是普拉澤雷
斯墓園（Cemitério dos Prazeres），葬了很多葡萄牙的名
人，那就不進去打擾了。

里斯本老城區的街道建築大
部份都很舊，但斑斑駁駁的牆壁
卻有另一番歷史感，這裏的人很
多都可以說流利的英語，而且非
常友善，里斯本市內有很多著名
的景點，旅遊書上幾乎都有介

古老的 28 號電車

紹，體力可以的話，差不多兩三天就可以逛完，但近郊著名的海灘，我覺得一定不可以錯過，每年夏天，這裏都是歐洲有錢人的度假天堂，里斯本有很多漂亮的海灘，時間有限，我只能選一個地方去，我選了坐火車到（Estoril），去達馬里斯海灘（Praia do Tamariz），坐火車的時間並不長，從里斯本出發只有四十分鐘，可是這四十分鐘裏的站名卻讓人眼花繚亂，我上車的時候問了一個年輕人在哪裏下車，他用手在路線地圖上指給我，謝過他我就坐了下來，沿途的風光幾乎都是海岸線，陽光照進火車裏，撒在我的身上，暖洋洋的，我竟睡着了，迷迷糊糊之際，有人在拍我的肩膀，原來是那個年輕人特意走過來提醒我，到站了⋯⋯好感動啊！這裏的人真好！

　　海灘上很多人，浪也很大，但海水藍的耀眼，在

陽光下閃着金光，岸上有很多漂亮的建築，有的是酒店，有的是餐廳，我在海邊走了一陣，但不禁曬，所以選了一間白色地中海風格的餐廳，在室內臨窗的位置坐了下來，叫了幾個西式點心，一杯酒，看外面藍天白雲，碧海白沙，很優閒地度過了一下午，眼前這樣的海灘，這樣的美景，真的可以令你忘卻所有的煩惱……卡謬斯（luis de Camoes）說，「陸止於此，海始於斯」，道出了這片深藍的誘惑。

從達馬里斯海灘（Praia do Tamariz）回到里斯本，離晚飯的時間尚早，於是叫了車去了 LX Factory 文創特區，因為我知道這裏有一間評為全球 20 間最美書店之一

達馬里斯海灘（Praia do Tamariz）

的 Ler Devagar，想去朝拜一下，文創特區原本是廢棄的紡織工廠，但現在裏面全是各種文藝或音樂小店，有點像北京的 798 藝術區，我終於找到了那間書店，一進門的那面書牆比我想像的還要高，在葡萄牙語中，Ler Devagar 有「慢慢閱讀」的意思，這裏也有咖啡店，你可以買杯咖啡坐下來慢慢閱讀，樓上還有一些紡織廠原來的舊機器，放在那，反而成了一種特色，相比里斯本的另一個著名的書店（Bertrand Livreiros），這間書店真的很有創意。

但 Bertrand Livreiros 被稱為世界上最古老的書店，坐落在 Rua Garrett 街，是有道理的，我去的時候，書店外剛好有二手書展買，很便宜，很多好書之人在裏面尋寶，可惜大部份是葡文書，英文書少之又少，這間書店成立於 1732 年，歷經了 1755 年里斯本大地震，

在 1773 年才搬到現在這個地址，書店的牆壁上貼滿的藍色瓷磚，裏面卻別有洞天，穿過一道道拱形門，就到了每一個不同種類的閱讀區，到現在為止，開業了二百多年，也堪稱奇蹟。在最古老的書店不遠，就是 Café A Brasileira，巴西人咖啡店，堪稱世界十大最美的咖啡店，我還真的挺幸運，已經光顧了好幾家世界最美咖啡店，以前的文藝青年都喜歡咖啡店，每間咖啡店你都不難找出一兩個作家詩人，曾是座上客，這裏就是葡萄牙的大詩人佩索亞經

Ler Devagar 書店

常光顧的地方，的確，凡是古老的，都曾經走過美好。

　　逛了一天，要試試地道的葡國菜，馬介修是必選之一，可是我覺得有點鹹，喜歡吃海鮮，里斯本的選擇很多，海鹽泡蝦，烤沙丁魚都非常美味，還有正宗的豬扒包，我最喜歡一種酒，配起來吃更加滋味，又好看又好喝，名字也很好聽，叫 sangria，這是一種很好喝的水果酒，傳統的 sangria 要追溯到好久以前，那時希臘人和羅馬人會把葡萄酒和糖及香料混合做成名為 hippocras 的酒飲，然後加熱再喝，我也弄不清楚這種酒是來自西班牙還是葡萄牙，反正這兩個地方隨處可見，其實是把紅酒、糖漿、烈酒和蘇打水放在一起，再加上水果，有時候用紅莓，有時候用橘子，可以加冰喝，也可以加熱喝，很適合女孩子。酒足飯飽，如果胃還有空間，再叫一個正宗葡國蛋撻，就心滿意足了。

忽然想起帕斯卡·梅西耶 Pascal Mercier 在《里斯本夜車》（Nachtzug nach Lissabon）裏的句子：「我們總是無法看清自己的生活，看不清前方，又不了解過去，日子過得好，全憑僥倖。」

里斯本市中心

很好喝的水果酒 sangria

149

阿姆斯特丹

"In Europe, I always have fun bike riding in Amsterdam."

——Ezra Koenig

太多關於阿姆斯特丹的記憶，從哪裏開始説起呢？

我每次都會住在離花卉市場不遠的一間小酒店，名字叫 Hotel Residence Le Coin，位於窄窄的 Nieuwe Doelenstraat 街 5 號，先後差不多十年時間的到訪，我已經成了酒店的熟客，十年間，接待處還是那幾個人，儘管容貌開始一點點變化，可是親切和周到始終如一，他們每次都會安排同一個房間給我，這是一間三星級

的小酒店，房間不大，但乾淨舒適，還備有一個可以
煮食的爐具，每次我來，酒店修理工馬里奧都會親自
拿行李到我的房間，然後問我有甚麼需要，有一次我
説，因為晚上看書，沙發旁可否有一盞落地燈，沒到
兩分鐘，他就扛了上來，我問馬里奧，你在這裏工作
多久了？他說差不多三十年了，他沒有家人，父母也
不在了，酒店就是他的家，家就是酒店，他説會一輩
子在這裏工作……這是為甚麼我每年都會見到馬里奧
的原因。

　　酒店的旁邊是阿姆斯特丹大學，斜對面有一家充
滿文化風情的咖啡店 Cafe de jaren，坐落在河邊，透
過大大的玻璃窗，可以看到美麗的運河，很多大學生
和教授喜歡來這裏，咖啡店裏擺放了很多文化活動的
宣傳單張，店裏除了咖啡圓桌，還有大大的實木長桌，

有人喝咖啡看報紙，有人在討論問題，也有人在用電腦工作，這裏從早到晚都有人，因為有兩層，空間感十足，所以待在裏面不會有侷促感，即使一個人坐在那裏，也不會覺得不自在，這裏也提供早午晚餐，每次來，我會請我在當地實習的學生一起，在這裏開個早餐會議，每人一杯新鮮的蜜糖薄荷茶，配剛出爐的牛角包，一天緊密的行程，就從這裏開始，吃過早餐，匆匆坐地鐵，趕到阿姆斯特丹時裝設計學院去和負責人開會，每一年我都需要和學院的系主任 Marianne 和他們負責這個項目的老師 Jan 見面，了解學生的情況，商討下一年的合作細節，就這樣不知不覺的過了十年，去年開完會，Jan 送了我一份小禮物，告訴我他要退休了，Jan 很高大，笑起來很爽朗，真沒想到他已經七十歲了，我問他，退休以後做甚麼呢？他沉思了一下，說，可能我會待在家裏寫書吧……一年過去了，不知

左起： Marianne Wammes-Peek、
我、Jan Piscaer 、
Annet Schaap

道 Jan 的書寫好了沒有？

　　每天開完會觀完課，近黃昏的時候，我可以閒下
來了，如果不是冬天，這裏很晚天黑，可以在橋上走
一走，到處逛一下，除了梵谷博物館、安妮小屋這些
著名的景點，我也會去一些旅遊書上沒提到的地方，
和酒店的人聊天，他們會告訴我一些當地人喜歡去的
地方，比如九街 （The nine Street），荷蘭語是 De
Negen Straatjes，這裏沒有大的品牌，但全部是精品小

店，有賣衣服的，有賣家具用品的，很多本地設計師的小店，也有一些小的餐廳，九街是由九條街道組成，街上的大部份建築都可以追溯到 17 世紀初。九條小街的名字分別是 Reestraat、Hartenstraat、Berenstraat、Wolvenstraat、Oude Spiegelstraat、Runstraat、Huidenstraat，Gasthuismolensteeg 及 Wijde Heisteeg，每條街都很不同，阿姆斯特丹有很多橋和運河，不熟悉的人看上去很相似，所以在九街裏逛，一個不小心，就容易迷路，我第一次去九街的時候，幾乎看不到太多的遊客，可是近幾年，九街越來越出名，2015 年被《紐約時報》稱為阿姆斯特丹最好的購物中心，這下子不得了，全世界的遊客蜂擁而來，現在的九街雖然還是很時髦，但少了一份悠閒和寧靜。

走路去體驗阿姆斯特丹，是一個很好的方式，有

阿姆斯特丹的運河

隨處可見的吊橋

時候會有意想不到的發現，記得有一天晚飯後慢慢走，發現一間很漂亮的建築，站在外面，可以看到裏面燈火輝煌的，於是不由自主地走進去，原來是一間酒店，忽然覺得裏面的佈置好眼熟，我終於想起來，有部電影《The Fault in Our Stars》是在阿姆斯特丹取景的，這間難道是電影裏面他們下榻的酒店？問了前台，證實了我的想法，這裏就是電影裏的男女主角 Augustus 和 Hazel 住的酒店，可是我明明記得他們住的酒店叫做 The American Hotel，可是這間酒店叫 Hotel De Filosoof，難道是拍完了電影改了名字？於是又走去問酒店的職員，他聽完我的問題笑了，他說你説的一點沒錯，電影只拍了 The American Hotel 的外面，但裏面，是在我們這裏拍的。如果下次你想去看一下這兩個酒店，不要弄錯了，The American Hotel 在 Leidsekade 97，而 Hotel De Filosoof 在 Anna van den

Vondelstraat 6，當然我也去了 The American Hotel，
那裏有一間很不錯的咖啡店，而且美國書店就在斜對
面。

　　可能你會好奇，在阿姆斯特丹，我有沒有試一下
大麻？有沒有去紅燈區？因為這裏大麻是合法的，很
多大麻的食物，也有專門抽大麻的小店，其實走在阿
姆斯特丹的街上，你就會聞到淡淡的大麻味道，這裏
抽大麻的地方叫 COFFEE SHOP，千萬別和 CAFE
SHOP 混淆了，至於
我，單身一人，很害怕
試了大麻興奮起來回不
了酒店，但我買了一支
大麻雪糕回房間吃，吃
完想看看自己能瘋成

荷蘭特有的船屋

甚麼程度，結果很失望，我冷靜地坐了一晚上，等到自己睏的不行了，就洗澡睡覺了。至於紅燈區，真是比我想像的要糟糕，我以為環肥燕瘦香豔的不得了，真實的情況是，窗子裏賣弄風情的性工作者，一點也不漂亮，也沒甚麼身材，有些還是有了一把年紀的女人，感覺上任何美感也沒有，反而中國古裝戲裏的青樓女子令人覺得更有風韻。性工作者在荷蘭不犯法，所以據說有的人真的在紅燈區工作了一輩子，紅燈區裏到處是賣性用品的商店，有趣的是，有間商店竟然用 Woody Allen 的句子做招牌，上面寫着：「Is sex dirty? Only when its done right-Woody Allen」。

　　阿姆斯特丹的美和有趣，很難三言兩語可以道盡，但如果你弱不禁風，冬天就最好不要去阿姆斯特丹，風大的可以把你吹到月球，相信我。

第三章：
說走就走的旅行

紅燈區的性用品商店

"Is sex dirty?
Only when its done right"
-Woody Allen

新鮮蜜糖薄荷茶

海德堡

"I Lost My Heart in Heidelberg"

—— Fred Raymond

去海德堡之前，我特意去看了一部電影，《*The Student Prince*》，這是五十年代的彩色寬銀幕歌舞片，講述王子與普通女子的愛情，王子去求學，遇到了自己的心上人，可惜的是，有情人終究沒有在一起，電影裏的很多場面，大學生們聚在一起喝啤酒，到了海德堡，我才知道，原來啤酒真的要用大過臉的杯子裝來喝的。學生王子的故事當時風靡一時，讓許多人對海德堡充滿遐想，覺得這是一個浪漫的地方。

　　的確，海德堡有很多浪漫傳說，歌德也是其中一位，據說當年已經寫完《浮士德》第一部的歌德已經65歲，功成名就，有家有室，可是當他來到海德堡，拜訪好友 Johann Jakob von Willemer 時，恰巧撞到了好友的未婚妻瑪麗安（Marianne Jung），一見鍾情這四個字，原來真的是存在的，起碼這兩位如此，儘管道德上有點說不過去，但真愛來的時候，誰還會理智的考慮那麼多？歌德和瑪麗安迅速墜入熱戀，他們分隔兩地靠書信傳情，燃燒的愛情促使歌德一年後再回到海德堡，傳說歌德在秋天滿地金黃的銀杏葉中選了兩片，貼在信紙上並將著名的詩〈二裂銀杏葉〉（Ginkgo Biloba）寫在上面，送給了心上人。之後的十年，兩人沒有再見面，但對瑪麗安的思念，使歌德在此期間創作了很多優秀的詩篇，儘管不見面，卻無法阻止思

念，十年後，在歌德 75 歲生日時，瑪麗安寫了一首詩，〈在海德堡〉（Zu Heidelberg）送給歌德做生日禮物，裏面有一句：這裏，我曾幸福地愛過與被愛過（Hier war ich glucklich，liebend und geliebt）……後來這個故事由 F. Lohner-Beda 與 E. Neubach 作詞，F. Raymond 譜曲，創作了人人會唱的歌《我的心遺忘在海德堡》（Ich hab'mein Herz in Heidelberg verloren）……

那年暑假，將近一個月的時間，我都在德國不同的

美麗的海德堡

城市小鎮觀光，我總覺得，想要真正了解一個地方，靠三五天照個相打個卡，真的很皮毛，只是告訴了別人，你到此一遊。德國一直是我很想了解的地方，終於找到時間可以慢慢的看，說真的，有一點點失望，除了海德堡令我感覺很好之外，其他地方的人似乎很粗魯，尤其是侍應，我不知道會不會這是一種粗獷的文化特徵，但跟我之前在書中獲得的印象出入很大，第二，對外國人極其不友善，公眾溝通只有德文，沒有英文，在街上問路，有的人充耳不聞，感覺儘管德國包容各種文化，可是某些人的骨子裏，還是有種族意識，小地方好一些，越大城市越糟糕，到了柏林，更是一個太有歷史感讓人喘不過氣的地方，或許我了解的不深入，但我發現大部份的德國人臉上沒有笑容，只有海德堡，一下火車就見到三五成群的大學生，年

輕人，永遠是最有活力最陽光的一族，他們笑着指給我怎麼去哲學家小徑（Philosophenweg），我很喜歡這條約兩公里長的小路，儘管很不好走，但沿途風光很美，最著名的是那條「蛇徑」（Schlangenweg），全是小小的陡峭台階，要非常小心地走，但走過很有成就感，據說當年海德堡大學的教授很喜歡在這條小徑和學生們邊散步邊討論哲學問題，「哲學家小

哲學家小徑 Philosophen-weg 最著名的是那條「蛇徑」（Schlangenweg）

徑」因此而來，那天，我用了差不多三個小時，也把
自己好好「哲學」了一下。

逛了大半天海德堡，想找吃飯的地方，很幸運地
吃到了 Red Ox Inn 的水煮芥末牛肉，這家店經歷了六
代人，連馬克吐溫和德國首相 Bismarck 光顧過也讚不
絕口，店的裝潢儘管不是很特別，但牆上滿是歷史照
片和留言，讓人一下子感受到這裏的與眾不同，靠近
壁爐的地方有一架舊式的德國鋼琴，我以為他們就是
在擺擺樣子做裝飾，誰知店主説，可以隨便彈的，我
試了試，音色居然很優美，於是那個午後，海德堡一
間古老的德國餐廳裏，一個亞洲的長髮女子，呼吸着
海德堡瀰漫着愛情的空氣，陶醉在自己斷斷續續的琴
聲裏……

馬克吐溫和德國首相 Bismarck 光顧
過的 Red Ox Inn

海德堡店裏的舊鋼琴

漫步海德堡大學區

紐約

"Each man reads his own meaning into New York"

—— Meyer Berger

　　我不是紐約客，所以沒辦法感受紐約客的心情，但是我的確是紐約客，當我每一次穿梭在紐約的街頭，我都在感受着作為紐約過客的心情。我喜歡大都市，我喜歡穿高跟鞋，我喜歡漂亮的衣服，我也喜歡街角的咖啡店，我更喜歡美食和雞尾酒，我喜歡在毫不相干的人群中自由的行走，我喜歡隨手在夜晚可以叫到計程車，然後出現在某個令人陶醉的爵士酒吧⋯⋯而

紐約正是這樣的地方，儘管《慾望都市》是編造出來的故事，可是我還是固執地相信紐約城裏真的住着像凱莉、莎曼珊、夏綠蒂和米蘭達那樣的女子，儘管每一次到訪的時間並不長，但是紐約總像個拖泥帶水的情人，有點曖昧不清，充滿誘惑，每一次的重遇都令你心曠神怡。

　　記得有一年去普林斯頓大學開會，開完會我在紐約逗留了兩個星期，每天我都在大街小巷逛，然後去找好吃的餐廳，好聽的音樂劇，好看的展覽，我從不坐地鐵，要不走路，要不坐計程車，因為我對紐約的地鐵真的深懷恐懼，一個亞洲女子在地上走應該問題不大，在地下行或多或少感覺有點不安全，那是四月的天氣，已經過了寒冷的季節，早上出門，每天都是陽光普照，大的景點和博物館早已經逛過了，所以選

一些旅遊書上沒有的地方，主要活動範圍在曼哈頓，有時候隨便找個路邊的咖啡店，曬曬太陽，一杯咖啡，一塊蛋糕，看路邊人來人往，行色匆匆，錯覺自己彷彿成了紐約風景的一部份，中午餓了去找好吃的，中央火車站裏面有一家專賣生蠔的餐廳，我會點一大盤生蠔，還有別的海鮮，一小杯白酒，侍應可能很驚訝我的胃口那麼好，很耐心的介紹每一隻生蠔的產地，然後再教我吃的順序，我不用趕時間，也沒有特別要去做的事，所以吃得津津有味，慢慢享受美食……常去的是紐約公共圖書館，因為建築風格實在太漂亮，就在第五大道 40 街和 42 街之間，還有就是可以免費入場，坐在大吊燈和長窗下面，在充滿着墨香的空氣裏，昏暗的小綠燈下，感覺時光倒流，非常美妙，一下午都是不受打擾的安靜時光。

很可惜那幾天在紐約的日子都是陽光普照，沒有趕上下雨天，無法體會到 Woody Allen《*A Rainy Day in New York*》裏的浪漫，而且那個時候我看過他拍的，關於紐約的電影只有《*Manhattan*》和《*Whatever Works*》《*Annie Hal*》，三部電影中，我最喜歡的是《*Manhattan*》，那種黑白灰的色調和 George Gershwin 的音樂（Rhapsody in Blue）把紐約的多樣性和人文色彩表現的淋漓盡致，所以這也是為甚麼每一次來紐約，我都喜歡在曼哈頓閒蕩的原因之一。可是據說這部電影是 Woody Allen 最不滿意的。有人說 Woody Allen 一輩子在給紐約寫情書，我真覺得這是最貼切不過的形容，在他的眼裏，紐約或許就是那個他覺得風情萬種的女子，而在另外一些人的眼裏，紐約又會是另外的樣子，每個人都有不同的解讀，但紐約

式的浪漫，真的不是每個人都有緣份遇到。

　　下一次去紐約，如果 Woody Allen 每星期一還在 Café Carlyle 吹奏薩克斯風，一定會跑去捧場，因為我覺得充滿古典爵士樂的夜晚，才是最紐約的夜晚。

第三章：
說走就走的旅行

都柏林

"When I die Dublin will be written in my heart."

——James Joyce

　　如果你看過《*Downton Abbey*》，你一定會知道 Tom Branson 是誰，沒錯就是那個愛爾蘭人，他原來是司機，但後來成了 Lady Sybil Crawley 的先生，在《*Downton Abbey*》第一季的時候，上演的是 1912 年的事情，那時的愛爾蘭還沒脫離英國，其實愛爾蘭是在 1916 年 4 月 24 日宣佈獨立，1922 年愛爾蘭獨立戰爭後才獲得了自治權，劇中 Tom Branson 正是那時從愛爾蘭逃到英格蘭。

都柏林是愛爾蘭的首都，Dublin 這個詞起源於愛爾蘭語 Baile Átha Cliath，進入都柏林的機場，你會發現指示牌上全部是兩種文字，英語和愛爾蘭語，可惜的是，現在就算當地人，年輕一代已經很少有人會說愛爾蘭語了。都柏林的意思是黑色池塘旁邊的定居地，愛爾蘭出了很多文學家詩人，我們很熟悉的有 William Butler Yeats，他的家就在距離都柏林不遠的山迪蒙（Sandymount），他擅長將愛爾蘭的歷史、民俗、神話和傳說納入詩作內容，並且他覺得愛爾蘭是和希臘或埃及一樣的文明古國，還有諷刺大師 Jonathan Swift，他的《格列佛遊記》（英語：*Gulliver's Travels*）聞名了全世界。所以，踏入今天的都柏林，你還是能感受到濃濃的學院風，街上很多年輕的大學生，很多特色的咖啡店，還有酒吧，地標幾乎都集中

在一起，但我最感興趣的，應該是聖三一學院。

　　這所愛爾蘭的著名大學，和牛津劍橋一樣實行學院制，據說頒授學位的時候，證書上是印着拉丁文的大學名字 Universitas Dubliniensis。我是在黃昏的時候步入校園，校園的建築特色一下子吸引了我，儘管學校佔地 40 英畝，但被長形建築物分隔成多個由草地為核心的庭園（Square），建築全部起源於 13 世紀，除了草坪，就是鋪滿碎石的小路，磚造的城牆圍繞着四周，中間是鐘樓，往裏走，可以見到老圖書館，裏面有最古老的手寫版凱爾經（The book of kells），可惜的是，我去的時候正趕上圖書館維修，沒辦法入內參觀，也好，又給了自己一個再來的理由。聖三一學院的建築群在 17 世紀做過維修，將古老的鐘樓移動以空出足夠的空間來建造哥特式建築風格的庭院「巨庭」

（The Great Court）。在巨庭和劍河中間還設計了另一個庭院「納維爾庭院」（Nevile's Court），圖書館的屋頂上豎立着四座石像，代表的是四門最古老的學科：神學、法學、醫學和數學，這間學校出了很多了不起的人，牛頓、拜倫、羅素……還有現在的新加坡總統和英國王儲查理斯，所以，可以在這裏讀書，除

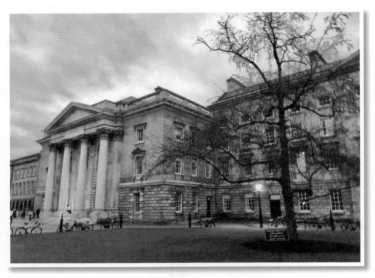

美得像畫一樣的聖三一學院

了本身要優秀，還是一件很幸運的事情。

　　走出聖三一學院，到了晚飯時間，覓食向來是我的頭等大事，過了河，便來到 Tampl，這是一個集酒吧藝術餐廳為一身的區，這裏保留了很多中世紀的街道，窄窄的，鋪滿的石子，這裏也被稱做「都柏林的文化區」，餐廳裏有各種表演，我去了朋友推薦的一間教堂餐廳，前身是 17 世紀建的 St Mary's Church，不知道為甚麼 1986 年教堂關閉了，幾次轉手之後，成了現在的熱門餐廳，也是本地人特別喜歡去的地方，當晚有一組樂隊在表演，又唱又跳，開始我以為他們表演的是美國的踢踏舞，後來才知道，這是愛爾蘭的傳統舞蹈，叫做 Irish step dancing，也叫硬鞋舞蹈，穿着硬鞋用細碎的舞步伴愛爾蘭舞蹈，聲音特別的響亮，所以一晚上都感覺很熱鬧，加上很多人在喝酒，感覺

愛爾蘭的傳統舞蹈
Irish step dancing

教堂餐廳

餐廳裏熱情澎湃的，我不是太熱衷這種集體歡悦的場面，吃過晚飯，欣賞了幾段舞曲，就回去酒店了。

　　反而酒店大堂的咖啡店在週末別有洞天，音樂柔和好聽，燈光恰到好處的令人放鬆，於是決定喝一杯純正的愛爾蘭咖啡才去休息，很快侍應端上來小小的酒杯盛滿的愛爾蘭咖啡，聞一下，滿是威士忌的香氣，據說這種咖啡起源於 1940 年，有個叫 Joe Sheridan 的人，他是愛爾蘭利某空軍基地的餐館兼咖啡館的主廚，想要調製一款飲料招待來自美國的客人。當時美國《三藩市紀事報》的旅遊作者 Stanton Delaplane 剛好經過，愛上了這道飲料，從此愛爾蘭咖啡名聲大噪，其實裏面的材料很簡單，咖啡、糖、忌廉還有愛爾蘭威士忌，而且是熱的，喝一口嘴裏香氣四溢，所有的疲憊都會拋到九霄雲外，但喝過最好的愛爾蘭咖啡，還是在愛爾蘭。

隨處可見的愛爾蘭
綠色巴士

隨處可見的雙語路牌
（英語和愛爾蘭語）

維也納

"If you set out to take Vienna, take Vienna."

——Napoleon Bonaparte

　　第一次路過維也納，是去捷克的途中，那年的維也納飄起了鵝毛大雪，我到的那天，交通幾乎癱瘓，因為雪深得到了膝蓋，車輛根本行駛不了，整個城市望上去，是一望無際的白，到了第二天，雪似乎沒有停的意思，大片大片的雪花從天上一直不停地飄下來，這對已經很久沒見到下雪的我，不能不說是一種極大的誘惑，我把自己包的嚴嚴實實的，在維也納的雪地裏走了一天，到處白茫茫的，我也分不清是東西南北，

只能靠着建築物屋頂的地標分辨方向，異常興奮，走到接近黃昏的時候，雪開始停了，夕陽照在雪地上，雪開始融化，遠處跑來兩隻不認生的小狗，搖着尾巴和我玩了起來，狗的主人在旁邊笑着看我們，覺得維也納的人和狗都很熱情。儘管那一次沒有對維也納有太多的了解，但感受到了大雪紛飛的維也納，也是難得的緣份，後來據說，好幾年都沒再下過大雪。除了雪景，還有一個收穫就是，發現了一間很特別充滿歷史感的酒店，因為在大雪紛飛中不停的走，忽然間很想喝一杯熱咖啡，瞥見路邊有一間小酒店，門口不大，通常酒店裏都會有咖啡廳，於是我走了過去，門前卻發現有音樂家華格納的肖像，難道是華格納曾住在這裏？問了酒店前台，原來豈止華格納，這裏還曾接待過的名人會讓你嚇一跳。

酒店門口的華格納雕像

這就是維也納帝國酒店 Hotel Imperial，旅行的時候住過很多酒店，但是這一間，令我很難忘，步入大堂，裏面是 19 世紀的手刻雕像和水晶吊燈，還有很多珍貴的藝術品，至於房間裏的油畫，也都是真品。這間酒店由建築師阿諾德 Zenetti 於 1863 年設計和建造，曾經是符騰堡公爵夫婦的宮殿，後來經過改建，變成酒店，這裏曾接待過伊莉莎伯二世、西西公主 、查理卓別林、米高傑克遜、日

本天皇還有很多音樂家例如我在門口雕像中見到的華格納，儘管這是一間豪華的酒店，可是它的奢華不是來自華貴的裝修，而是對每一個細節的精心照料，酒店到現在還設有管家服務，到達的每一個客人有專人帶領和負責，而且他們會記住你的名字，當你第二天經過大堂走出去時，酒店的工作人員會叫出你的名字和你打招呼。我對存有歷史感的東西向來有種莫名其妙的好感，於是第二次來維也納，毫不猶豫地選擇住

充滿歷史感的維也納帝國酒店

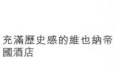

在了這裏。

　　有意思的是，希特勒當年也對這間酒店一見鍾情，他年輕時來維也納，本來是想讀美術，可是遭到維也納美術學院拒收，於是跑到這間酒店打工，誰知後來誤入歧途，成了一名大魔頭，1938 年的德奧合併後，他又作為嘉賓回到這間酒店，因為這是他最喜歡的酒店。我總在想，如果當年維也納美術學院把希特勒收為學生，可能就不會發生第二次世界大戰了，也許就不會有那麼多人被殺害和受苦。二戰結束，猶太集中營的幸存者西蒙·維森塔爾 Simon Wiesenthal 在帝國酒店慶祝他的 90 歲生日，當晚他的朋友們享用着猶太食物（Kosher foods），聽着猶太音樂，西蒙·維森塔爾說：「你看那些水晶吊燈都在顫抖搖晃哪！因為這是它們第一次聽到這樣的音樂。希特勒已經不在，也

沒有納粹了，但是我們還活着，在這裏唱歌跳舞！」在紀錄片《我從來沒有忘記你們：西蒙·維森塔爾的人生與傳奇》（*I Have Never Forgotten You：The Life and Legacy of Simon Wiesenthal*）裏看到他說這段話的時候，我的眼淚差點掉下來。這位出生於1908年的猶太工程師，一生都在蒐集納粹的罪證，在2005年離開人世，很難想像要有多麼堅強的意志，才能在那樣的死亡營裏生存下來。所以這間酒店不止於是一間豪華的酒店，它更像一部歷史書，值得我們細細體味。

酒店有一樣食物是全世界出名的，就是他們餐廳的松露朱古力蛋糕，每個入住的客人都會獲贈一塊，說起食物，這裏只有一間餐廳，但從早到晚，你都可以進去吃東西，因為酒店後門對面就是金色大廳，總

有去聽音樂會，打扮得很華麗的維也納人在演出前來
這裏吃晚飯，聽完音樂會，他們也會來到這裏唯一的

咖啡廳喝上一杯，
所以酒店裏總能看
到穿着禮服的男
男女女，我也去
了金色大廳，聽
完音樂會也坐在
了咖啡廳裏，想
體驗一下維也納
人的夜生活，咖
啡廳和酒店一樣
金碧輝煌，和金
色大廳的設計

華麗的酒店大堂

在金色大廳欣賞音樂會

很相似，角落裏擺放着一架三角鋼琴，有意思的是，琴師長年無休，即使要整天面對剛剛聽完音樂會回來的客人，他也從不怯場，每晚都彈奏得很投入，很忘我，而聽眾們似乎也很受落，時不時送上如雷的掌聲。

　　說起維也納，除了音樂藝術，還有滿街的莫札特朱古力，另外值得一提的是另一間世界最美咖啡店之一，中央咖啡店，詩人彼得·艾頓柏格（Peter Altenberg）的蠟像就在進門口，他那句「我不在家，就在咖啡館，我不在咖啡館，就在前往咖啡館的路上」道出了上個世紀很多文人墨客的生活節奏，貝多芬、舒伯特、莫札特、弗洛伊德都曾經是這裏的常客，現在很多遊客慕名而來，可以坐在裏面，喝上一口咖啡，吃一塊蛋糕，真是一件賞心悅目的事情，我在想，如果我能夠靜下心來，在那裏寫上幾段文字，是否也可以體會到當年文豪們的心情呢？

倫敦

"Sir, when a man is tired of London, he is tired of life; for there is in London all that life can afford."

Samuel Johnson

這些年沒少去倫敦，其中一個原因是兒子在英國讀寄宿中學，有時假期短，只能在倫敦會面，另外一個很重要的原因是香港人對倫敦的情意結，去歐洲，通常會在倫敦轉機，不會選擇歐洲的其他城市。

記得第一次踏足倫敦，已經有種莫名奇妙的熟悉感，覺得倫敦和香港很像，有些地方的建築，就像中環的翻版，更不用説交通規則，在倫敦絕不會看錯交

通燈，開車也沒問題，只不過停車找不到地方。近年
的倫敦，治安開始變差，除了來自東歐的小偷，搶手
袋也時不時聽說，街上也多了很多的電單車，偶而錯
覺，似乎到了以前的羅馬，我問當地人，為甚麼多了
這麼多電單車？原來主要原因是年輕人已經擔負不起
汽車，還有市區的塞車和越來越少的停車空間，讓一
部份人寧願駕駛電單車上下班。但這並沒有減低我對
倫敦的喜愛，因為她依然是倫敦。

倫敦有很多綠地公園，這是我喜歡這個城市的原
因之一，Hyde Park 是每次必去的一個地方，這是倫
敦市區最大的公園，我喜歡和當地人一起，悠閒的在
裏面走一走，草地上有很多松鼠跳來跳去，走到湖邊
還可以見到一群群的野鴨，走累了，在湖邊的 Sackler
Galleryde 的咖啡廳喝杯東西或是吃個雪糕，可以打發

大半天的時光，説來也巧，經常陰天的倫敦，在我去
公園散步的那天總是豔陽高照，有太陽的日子總是好
的，太陽底下的人們，心情也會很好。倫敦其實還有
幾個大型的公園，每個小區裏也有小型的公園，通常
公園裏會保留泥土和沙地，不會像香港的公園把植物
修剪得那麼工整，倫敦的公園總會保留些自然未修飾
的味道，這是我最喜歡
的，來倫敦，真的不能
錯過這個城市的大片綠
地。

在倫敦恐襲沒有發
生之前，我會選擇住在
Covent Garden 附近，
這是市中心，去哪裏都

倫敦的公園到處都是松鼠

方便，下午可以去喝下午茶，晚上去看芭蕾舞，也可以去聽音樂劇，甚至步行到唐人街吃個燒鴨也很近，在倫敦，生活不會感到枯燥無味，因為可以安排各種各樣的節目，這個城市一年四季都在辦各種藝術展覽，一年四季都有音樂劇在上演，還有數不清的書店、餐廳，當然還有著名的百貨公司，一個星期七天，你可以換着樣的玩，如果你有時間，又有錢的話。有錢在哪都很重要，你可以有自己的選擇權，有錢在倫敦尤其重要，若是在倫敦沒有落腳的地方，需要住酒店的話，你真的要把銀子帶足，倫敦的酒店價格貴得驚人，尤其是在旺季。

以前有人說，如果有天堂，一定是法國廚師，意大利情人；如果有地獄，一定是英國廚師，瑞士情人，英國的傳統食物水準可想而知，我也真的嚐過地道的

英國人做的招待晚餐，真的可以用難以下嚥形容，可是近些年，倫敦多了很多外來的食物，水準都相當不錯，每次去，在朋友的推薦下，光顧了幾間米芝蓮的餐廳，頗為驚喜，甚至去年，發現倫敦郊區竟然有個韓國村，可以吃到正宗韓國烤肉泡菜，所以，現在住在倫敦，應該不愁美食。

我本來就喜歡下午茶，因為胃口不大，每頓吃得不多，可是胃口又好，吃了沒多久就餓，下午茶剛剛可以解決這個問題，在倫敦，當然不能錯過精美的英式下午茶，試過在不同的地方喝下午茶，倫敦的下午茶地方多不勝數，從 Mayfair 到 Ritz，有全部甜點的，也有素食的，可是我每次都喜歡去 Savoy Hotel 的 Thamas Foyer，這是 1889 年開業的英國第一間豪華酒店，也是首座有電梯的酒店，這裏環境好不用說，下

午茶會嚴格控制人數，所以坐在裏面會感到空間感很好，私隱度也很高，他們的香檳下午茶尤其好吃，茶具也相當講究，每一口吃下去都有一種精緻的感覺。

喜歡 Savoy 的下午茶，可能還有一 個很私人的原因，我和先生在倫敦的第一次下午茶，就在這裏。

Savoy Hotel 的大廳總是會有很多盛開的蘭花

塞爾利亞

"The air is soft as in April in Sevilla, and it is a pleasure to be in it, so fragrant it is."

Christopher Columbus

Sevilla 的中文名字是賽爾利亞，是位於西班牙南部安德魯西亞省的一個城市。

2008 年 5 月之前，我對這個城市一無所知，那時大學想和 Sevilla 大學做一個交流項目，當時負責項目的 Josef Szakos 教授問我：「你可不可以去 Sevilla 教三個星期的書？讓他們看看我們的中文課，如果他們喜歡，就可能和我們的這個項目簽約，以後我們就可

以派我們的研究生去交流。」然後，他跟我說了一大
堆 Sevilla 是個很美麗的地方，去了你不用擔心，不會
西班牙語可以說英語之類，Josef Szakos 是個匈牙利人，
很有語言天份，會說很多種語言包括中文，他有個中
文名字叫蔡恪恕，他極力的遊說，加上我對這個地方
的好奇，於是那年五月，我啟程去了 Sevilla。

　　那年香港和西班牙好像還沒有直航，我一個人
從香港飛倫敦，再從倫敦飛馬德里，再從馬德里飛
Sevilla，中間沒停過，算上去，我大概飛了二十多個小
時，好在出了機場，大學的 Juan Pablo Mora 教授來接
機，他也有一個中文名字叫莫博安，他不會說中文，
但英文講得很好，我們溝通沒有一點問題，我當時還
很高興，看來 Josef Szakos 說的沒錯，這裏的人英語挺
好，其實 Juan Pablo Mora 是英語系的教授，第二天，

我才領教到，不會西班牙語的痛苦。

　　我被安排在大學提供的宿舍，每天的課都在黃昏，五點到八點，早上起來我通常備課，然後吃東西，那是第一次知道西班牙人不喝熱水，而我又不喝冰水，我學會了兩個西班牙文，「你好」和「水」，每天早上拿着保溫杯到樓下的咖啡廳，和侍應說「你好」，然後指着他身後的熱水機比劃，要他幫我裝一壺熱水，開始，他很不解，睜大雙眼，一臉吃驚的樣子，可能他覺得這個亞洲女人瘋了，每天灌滾燙的水到胃裏，他哪裏知道我是用來泡茶，後來我們熟了，我也不用比劃，見我來到，他自動幫我裝熱水，然後遞給我，可是我們的交流還是停在「你好」、「水」這兩個簡單的詞上面，當然過了一個星期，我又會說了「謝謝」，他給了我一個燦爛的微笑。

　　我的課主要上給大學的管理層，有副校長，有系主任，也有一部份英語系的學生，他們也是第一次接觸中文，覺得很有意思，當然，課程結束後，我順利的拿回了合約，從此我們大學每年都派學生過來交流一個學期。

　　當時的 Sevilla 沒甚麼中國人，我在街上走，會被小孩子指指點點，當地人也會很好奇地看我，但是他們很友善，總會對我笑，我們也沒辦法交流，大多數的當地人不會英文，年輕人還好，總覺得歐洲治安不好，所以當時我的活動範圍很有限，就在大學附近，大學在市中心老城區，我就沒事只在老城區逛，現在看，真的多慮了，這裏當然有些小偷，但治安還真的挺不錯的，起碼，晚上出來，不會有在其他歐洲大城市的恐懼感。有次在逛街，碰上一個亞洲男人，因為

街上沒甚麼亞洲人，我和他都很明顯，他過來打招呼，以為我是他的韓國同胞，知道認錯了，他就一直在道歉，誰料過了半小時，我們又在同一家餐廳遇到，大家都笑了，他說看來他注定要請我吃飯了，他請我吃了那天的午餐，他是韓國過來公幹的，第二天離開，我問，為甚麼你覺得我是韓國人？我以為他會說，你很像我們的韓國美女甚麼的，誰知他說，我覺得只有韓國女人才化妝，我看到的中國女人從來不化妝⋯⋯好在那頓飯吃完了，否則，我轉身就走了，當然後來，也沒再聯絡，可他的話讓我印象很深，我總對我的女學生們說，在外國，請管理好你的形象，你出去怎樣，外國人就會覺得中國女人怎樣，拜託，在外面要給中國人長臉，千萬不要丟臉。

後來，我又去了很多次的 Sevilla，百來不厭，第一，這個地方真的很美，尤其是四五月，樹上開滿了

紫色的花，空氣裏夾雜着橘子的香氣；第二，這裏的
tapas 太好吃，各種各樣的 tapas，價錢不貴，卻新鮮美
味，還有，這個民族熱情愛玩，到處可以見到有人載
歌載舞，中午睡幾個小時午覺，下午五點商店再開門，
晚飯九點開始很正常，到了晚上，到處擠滿了人，在
吃飯，在喝酒，每個人臉上帶着笑，嘰哩咕嚕的大聲
說着西班牙文，好像任何人都沒有煩惱一樣，因為來
這裏的次數多了，慢慢認識的人也多起來，後來每次
來，大學的國際關係部的副院長 Dina 和她的先生都會
出來叫我吃飯，也會介紹一些特色小食店給我，她是
意大利的西西里人，但是她也喜歡 Sevilla。

　　有一年我花了一些時間，去了西班牙的其他一些
城市，但是遊覽了一圈，西班牙的城市裏，我還是最
喜歡 Sevilla，我本愛玩，又很愛吃，也喜歡唱歌跳舞，
Sevilla 剛好適合我。

正在西班牙旅行的我

滿樹的紫色花朵

好吃的 tapas

溫暖的地方

這些年

一直在走

一直在看

一直在某年某月的某一天

在某個地方

想起某個人……

眼裏的故鄉

漸行漸遠

忘了吧

溫柔的光

初夏的風

穿過靈魂的窗

帶我到溫暖的地方

美國洛杉磯影城

意大利威尼斯

美國波士頓哈佛大學校園

美國三藩市

英國牛津小鎮

瑞士蘇黎世

越南下龍灣

印度尼西亞

泰國清邁

日本東京

日本箱根

丹麥哥本哈根

芬蘭赫爾辛基

英國格拉斯哥

愛沙尼亞 - 塔林

德國法蘭克福

英國愛丁堡

德國慕尼黑

德國柏林圍牆

意大利佛羅倫斯

意大利米蘭

韓國首爾

中國天津

柬埔寨 - 金邊

中國北京

第四章

太陽底下

關於「詩和遠方」

「生活不只眼前的苟且，還有詩和遠方」，這是來自許巍新單曲《生活不只眼前的苟且》的一句歌詞，實際上在這首歌沒有發行之前，這兩句話已經廣為流傳，這句話其實出自這首歌的填詞人高曉松媽媽之口，是高曉松在其《高曉松 184 天監獄生活實錄：人生還有詩和遠方》中的一句話。

原文是「我媽說生活不只是眼前的苟且，還有詩和遠方，我和我妹深受這教育，誰要覺得你眼前這點苟且就是你的人生，那你這一生就完了，生活就是適合遠方，能走多遠走多遠，走不遠，一分錢沒有，那麼就讀詩，詩就是你坐在這，它就是遠方，越是年長，越能體會我媽的話，我不入流，這不要緊，我每一天開心，這才是重要的」。這句話告訴我們，無論每天

要處理多少繁雜俗務，也一定不要忘了生活中一些美好的東西，將心沉澱下來，慢慢體味，細細欣賞，即便沒有錢，即便你的人生過得有點辛苦，還是可以嘗試去找一些可以令你自己開心的事情，遠方是指在我們心裏那個可以到達快樂的地方，並不是要你真的遠離家園，一直流浪，一直旅行，能夠旅行，能夠看遠方的風景，固然好，沒有錢走太遠，家門前一樣有值得你去欣賞的風景，關鍵在於，你是不是還有讀詩的心情和心裏一直牽掛着的遠方。

　　人們說，一個媽媽對孩子的影響是很大的，如果你天天只跟孩子說，讀書，賺錢，供樓……他將來長大，也就只會應付生活眼前的苟且，如果他知道生活中不只眼前的苟且，還有詩和遠方，他的世界將來會寬闊很多，無論生活的苟且如何折磨，都會找到自己的快樂。

誰最快樂

　　朋友是英國人，孩子今年理應上大學，可是前幾天才得知，她的孩子沒去大學，反而在種田，是成績不好嗎？聽聞這孩子在學校是班長，不太可能，他媽媽説，成績一向都可以，只是高中最後一年他和我説，他想回家管理家裏的一塊農田，搞有機種植，不想待在學校裏束手束腳，「你同意了？」我問，朋友説：「為甚麼不同意？他的選擇呀，一邊種田，一邊享受陽光，很快樂……」換成香港的媽媽，孩子這樣不愁死才怪，朋友接着説，「他的好幾個同學都沒有讀大學，一個去參軍，做騎兵三年，還有一個去學整餅做蛋糕……」「讀書還是有用的，不能讀完書才發展興趣嗎？」我

還是不能完全理解，「書甚麼時候都可以讀，只要是
他喜歡的事情，他就會做得很好，也會很快樂。」朋
友一再強調快樂，孩子的快樂，對她而言是放在首要
的，「種田也還好，做騎兵不是很危險嗎？」我這種
中式思維還是跟不上，「我們覺得危險，他不覺得，
他覺得很快樂呀！」

　　我無言以對了，只能說，能夠快樂的活着，是件
很快樂的事情。我不敢說去種田的和去讀書的誰比較
快樂，也有人非常享受讀書的過程，就像有人覺得在
家閒着比較快樂，有人每天忙起來才比較開心是一個
道理，快樂是很個人的東西，我們未必能體會到別人
的快樂，快樂就好！

慢慢生活

　　我們從小就被訓練要快，快點起床，快點穿衣服，快點吃飯，快點交功課，快點上床睡覺……好不容易長大了，人生可以自己有話事權了，又開始怕落在別人後面，快點畢業，快點找工作，快點買房子，快點……尤其在香港，「快」更加是全民的口號。記得很多年前剛來香港的時候，姑媽就跟我說，你做甚麼事都要快一點，無論是買東西還是做事情，在香港，機會不等人，慢一分鐘，就沒有了，這好像也是真的，你看，如果哪裏有甚麼優惠啊，或者推廣啊，很早就有人在排隊，去晚了一點，就結束了。所以，這麼多年來，養成了做甚麼事情都很快的習慣，吃飯快，做

事快，似乎高效率是一種優點，慢一點，就顯得很沒用一樣，然而，事實上，快或許並沒有想像只能那麼好。

快的結果，只有令我們越來越急躁，越來越沒有耐性，記得去年去泰國清邁，路過一個很窄的巷子，有輛車停在那裏，剛好有另一輛車駛進來，不夠地方過，前面的那輛車要開走才行，只見後面車的司機將車停了下來，慢慢的在等前面的車開走，過程大概十分鐘，沒有按喇叭，也沒有大聲吆喝，更沒有生氣，他笑瞇瞇地在哼着歌等。我們在旁邊全程看在眼裏，很是佩服後面司機的耐性。要知道，這在香港這種類似的情況是不可能平靜地度過的，起碼，全程都有喇叭此起彼伏的音樂。

近些年，很多地方提倡慢活，這個概念大家早已

知道，我也不再囉嗦了，也有不少作家以此為題出過
書，英文稱 Downshifting，提倡人們擺脫對物質的迷
戀，簡單生活，減少不必要的心理壓力和負擔。慢慢
生活，好處是很多的，先從健康方面說，每天慢慢地
起床，對身體就有莫大的好處，據說，有個老壽星，
他活了一百多歲，每天醒來第一件事不是起床，而是
推腹，也就是揉肚子，活動全身的關節肌肉，然後再
慢慢起床，當然，他這麼長壽，也未必單是起床運動
的功勞，可是慢慢起床總比忽然跳下床對身體好很多。
還有，慢慢吃飯，細嚼慢嚥，絕對是好的習慣，可以
充份體會食物的味道，也可以讓腸胃很好的吸收消化，
長久堅持，脾胃也會保養得好，脾胃好，人也會漂亮
精神。可是，這兩樣看似很簡單的事情，寧願或者能
夠慢慢做的人，又有多少呢？我們大多數的人 ，被鬧
鐘叫醒，快快起床，匆匆吃飯，日積月累，渾身都是

小毛病，結果，被美其名曰：都市病！其實哪來的那麼多毛病，還不是趕的！

慢活的重點除了慢，還有一個含意就是簡約，衣服買太多，回來還要頭疼空間，心裏太想升職加薪，除了工作得像拼命三郎一樣，還免不了要阿諛奉承，為了賺錢做生意，一個項目接一個項目，金錢滾滾來，犧牲的是時間和自由，所以，慢慢生活是重新轉換一種價值觀，去掉生活中不必要的東西，包括不必要的物質，不必要的競爭，不必要的忙碌，不必要的虛榮，造物主給了我們很多天賦的好東西，免費的空氣，清新的大自然，還有我們的家人，朋友，可以的話，少一點勞碌，陪陪家人，多一點運動，善待自己，用最基本的東西，不製造垃圾和廢物，放慢腳步，你會忽然發現你的身邊多了很多美麗的景色，多了很多友善的面孔。

夢

　　最近有個行山的人，被困在山上兩天，找到後他在臉書上寫他的經歷，有點詭異，就像發了一場夢，也有人回應說，的確相信二度空間或三度空間的存在之類，就連那個親身經歷者，也覺得有些事情不可思議。

　　這個世界不可思議的事情很多，夢是其中的一種，估計不會有人沒做過夢，夢醒之後，多數的夢我們會忘得一乾二淨，可是在夢裏，卻真的親臨其境，我的夢是有顏色的，跟現實的世界沒甚麼太大分別，甚至細節都很清晰，和朋友們談起，有的人的夢是沒有顏色的，這一點我是無法理解和體驗的，1942 年米德爾頓（Middleton）對大學生的一項調查發現，51% 的男生所做的夢從來沒有色彩，而這種情況在女生中只佔

31%。到了 1962 年，情況好一些，卡恩（Kahn）將接受測試者從快速眼動睡眠中喚醒，並馬上問起他們的夢，有 70% 的人說自己的夢有色彩，另有 13% 報告說夢境中出現了模糊的顏色，很多科學家嘗試對這一現象進行分析，可是始終沒有一個非常權威的解釋。

可是民間卻出現了各種各樣的說法，古印度哲學著作《奧義書》，弗洛伊德的《夢的解析》，甚至中國的《周公解夢》，每本書對夢的分析和理解都不同，現在又有夢與三度空間的說法，儘管在中醫的角度，夢太多其實睡眠的質量不太好，沒有進入深層睡眠，但有時候，做個有意思的夢，還是件蠻有趣的事情，夢裏發生的場景，多是在現實生活中沒有出現過的，情節就像電影，富有戲劇性，可能是你白天連想都沒想過的題材，有人曾嘗試把自己一年做過的夢記錄下來，翻開再重溫一遍，很有趣！

詩情畫意

　　以前的學生穿針引線，邀我幫一個演出節目做指導，節目聽上去有趣，兩組分別說國語和粵語的人同時朗誦一首詩，與此同時，另外兩人在旁創作一幅水墨畫，名為「詩情畫意」，因為是在夜晚和週末的私人時間進行，他們也並不嫌棄我不夠專業，這麼好玩的事情，我就答應了下來。

　　原來參與的人數還挺多，幾十人要分兩排站，大家白天有工作，大冷天放了工過來排練，而且就幾天的時間，熱情極高，最大的難度不是說兩種語言，而是作畫的人要配合詩的意境和時間，詩剛剛朗誦完，畫就應該畫好呈現給大家，所有的環節講求完美的配

合，儘管不同於唱歌或演奏，但任何一個人的表現都會在整體的旋律上體現出來，所以，每個人都很認真，總會時不時有人問我，廣東話比較好聽呢？還是普通話比較好聽呢？其實每一種語言都有其獨特的魅力，只要能夠配合好，廣東話加上普通話會有一種很美的旋律！畫畫的兩個女孩子開頭很擔心，是否可以在限定的時間內完成她們的作品，可是熟能生巧，勤能補拙，聰明的她們很快上手了！

慶幸遇到了一群這麼可愛的人，開始喜歡和他們共度「詩情畫意」時光，很可惜，正式演出那天的星期六我有事，沒辦法親自分享他們的演出喜悅，但收到短訊說：十分好！心裏一下子充滿喜悅！

我在指導朗誦排練

我在指導水墨畫練習

歲月留聲

收到香港電台「十大中文金曲頒獎典禮」的請柬，這個樂壇歷史最悠久的華語流行歌曲頒獎活動，回想起來，第一次參與應該是在回歸前，我剛剛加入電台不久，拎着麥克風去紅館採訪下午正在綵排的郭富城，當時看到天王，儘管不是他的粉絲，還是激動得不得了，可是心裏有點失望，個子怎麼沒有我想像的那麼高。之後的很多年，每次都是以工作人員的身份出入頒獎典禮現場，可是作為嘉賓出席，坐在台下欣賞，今年是頭一次。

説實話，自從離開電台，幾乎不怎麼聽流行音樂，尤其是本地作品，我所熟悉的作品多是兩千年之前的

創作，歌手的情況也一樣，那天上台領獎的年輕歌手，大部份我都不認識，他們在台上很投入的演唱自己的得獎曲目，台下的粉絲也聽得如癡如醉，我卻沒辦法產生共鳴，或許這就叫做代溝？我也說不清楚，我的時代裏香港有王菲、林憶蓮、陳慧嫻、梅艷芳，當然也有四大天王⋯⋯台灣有王傑、童安格、姜育恆、李宗盛、趙傳⋯⋯內地有老狼、鄭鈞、崔健⋯⋯那也是為甚麼有一次在飛機上偶爾觀看內地的一個演唱節目，見到久違的歌手唱出久違的歌，我會被那麼深深地觸動，所以，我總覺得每個人都有屬於他自己的歌，同樣的旋律，不同的人聽，會有不同的感受和心情，你的故事只有你自己最懂，你的歌只有你自己最熟悉，不同的時代會產生不同的作品，有音樂陪伴的歲月，始終是美好的。

當晚見到很多舊同事，已經在港台身居要職，很佩服他們的耐力，要知道能夠堅持這麼多年做同一件事，不是一件容易的事。

我和姚莉（右）

我和鄭鈞（左）

我和肥姐
沈殿霞（右）

我和鍾鎮濤（右）

我和趙詠華（左）

我和鄭伊健（左）

香港電台大合照

我和老狼（左）

愛犬

　　妹妹說要為女兒買隻小狗，她的女兒六年級了，從一年級就開始求她媽買隻小狗，求了六年，她媽媽終於答應了，條件是，她女兒一定要親自照顧那隻小狗，小姑娘對於這個得來不易的禮物當然非常珍惜，連忙點頭。

　　養狗要看緣份的，曾經養過一隻狗，也是我養過的唯一一隻狗，那年在朋友家，其中剛落地三天的一隻小狗，眼睛好大好漂亮，而且一直走過來蹭在我身邊，忽然很喜歡，就央了朋友送給我，給他起名：寵寵，抱回家，爸說，你怎麼領了這麼難看的狗？灰不溜秋的，我說，牠會越長越好看的！我每天親自照顧

他，他的小窩就在我的床邊，每天早上，我還沒醒，他就用牙齒拉我的床單，告訴我牠餓了，因為是很名貴的品種，果然越長越好看，而且超級聰明，全家人也越來越喜歡，但牠對我最好，有一段時間上學沒在家，我一回來，牠就跟前跟後，晚上等我回家才睡，睡也只睡在我附近，看得出牠非常想我，後來生了兒子，牠似乎知道那是我的孩子，對兒子也是非常的好，兒子有時淘氣，母親訓斥他，寵寵在一旁卻不高興了，很少吠的牠，衝着外婆大叫，護着兒子，那樣子好好笑！寵寵活了十五年，對於那樣的小狗已經算長命了，牠走了，我們都很傷心，我沒有辦法再養其他的狗了，因為他是我唯一的愛犬。

我家愛犬「寵寵」

想念的季節

　　十二月了，滿街的燈飾都在提醒我們，聖誕節又快來了，這一年，還沒習慣寫，就又快過完了，很多人開始計劃到哪裏去旅行，商店忙着減價吸引更多的消費，學生們忙着溫習應付考試……似乎很少人還記得，要該寄卡片了，很多年前的郵局有截郵日期，目的是告訴大家，早一點寄出聖誕賀卡，讓收卡的人可以在聖誕節前收到你的祝福和心意，現在的我們，寫信和寄卡已經成了很老土的事情，不知道郵局還有沒有這樣的服務呢？因為自己也很多年沒有親自寄卡片了……

　　有句廣告詞這樣寫道：「風說，我要哭，於是，就下雨了，風說，我想你了，於是，滿世界的颳起了

風⋯⋯」十二月的確是個適合想念的季節，而想念，總覺得是人類情感中最優美的一種，因為沒有實質的內容，只是一種默默的意念和情緒，而通常這種情緒都是很溫馨和充滿柔情的，因為不能見到對方而又想起對方，想念便會自然而然的產生，沒有絲毫造作，而當我們想起某人的時候，或許對方也可以收到某種磁場，曾經看過一本書《源場》，裏面說，我們的感受可以無礙穿梭，悲傷會傳染，歡喜會共振，想念的意念能夠穿透時空，讓對方感應到那份美好的情緒，所以，即使現在的我們，不再寫卡，不再寄信，可以想念，還是令我們生活在溫暖記憶當中，生命中總會有些朋友，陪你一起，又變成了過客，新的人，出現在你的生命裏，友情如此，愛情亦然，親情更如是，我們的想念，年復一年，日復一日，徘徊在呼吸之間，就像那首 FLY AWAY 中唱的那樣：溫暖了手，芳香了別離 。

等着你回來，書店

在九龍這邊的人，都知道有一間很大的商場裏，曾經有一間很大的書店，不幸的是，這間書店在去年全面結業，帶走了很多人的美好記憶，以前我們，除了去商場購物，還可以去看電影，也可以在書店打書釘，或是買幾本書，在旁邊的咖啡室讀幾頁文字，消磨一下午的時光，那裏也曾是許多孩子的童年記憶，家長們帶着孩子，在兒童讀物區，坐在乾淨的地板上閱讀，每個小朋友，無論年齡大小，總會找到自己喜歡的書，看得津津有味，那樣的場面已經不再了，要去書店，香港的選擇已經不多，漂亮且書的品種齊全的書店更是屈指可數，非常理解書店的經營困難，可

理解歸理解，對於書店的懷念，還是沒辦法釋懷。

　　外國的書店也是越來越少，可是歐洲幾個常去的主要城市，這麼多年還是保存着那幾間大規模書店，最喜歡的是新書用手寫的書評，書店的人在每本新書上放一張小卡，寫下讀過的感想，供讀者參考，尤其倫敦，有幾間書店，叢書的品種到裏面人性化的座椅，就算不看書，只是坐在裏面，都令人感到親切而舒服。香港，從幾十年前各式各樣的小店，到只剩下大牌子和珠寶金舖，還有餐廳，到現在一間間書店的消失，有點難過，一個大型現代的商場，連一間像樣的書店也沒有，有點悲哀。

邊喝咖啡邊閱讀——書店的閒暇時光

尋找幸福感

　　相由心生，這句話真的有道理，但凡開心的人，臉上也總是掛着笑容的，你看那些整天抱怨的人，嘴角往往是向下的，久之，和善的人面目可親，抱怨的長相越來越難看，所以，有人說，過了 40 歲還有人誇你漂亮，恭喜你，那是你修來的長相，漂亮不一定要美若天仙，而是讓人見了有種喜悅之情，開心的人誰都喜歡，人緣也旺，日子也會越來越順，幸福感隨之而來。

　　所謂幸福感，每個人的理解都不一樣，有人認為有樓有車有錢是很幸福的一件事，我不否認有錢會增加得到幸福感的機會，但有錢和幸福感是不能畫上等

號的，看看電視劇裏或報紙頭條的豪門恩怨故事，你就會明白我在說甚麼，但是沒有很多錢也可以獲得幸福感，我們大多數的人屬於這一種，而大多數的人似乎忽略了身邊的幸福感，只看到了每天不幸福的那一面，是啊，要供樓，每天要面對惡老闆，老婆長得不漂亮，孩子不聽話……但這本身就是生活啊，曾經有人和我說，你想要完美的生活，就要接受生活中的不完美，凡事都有兩面，要供樓，起碼你有住的地方，老闆不講道理，但你還是有工作，老婆不漂亮但善解人意，孩子要是凡事聽話，你可能會擔心……忙裏偷閒的一杯咖啡可能也會帶來幸福感，自己的幸福感要自己去尋找，別人幫不了。

善待自己

有人問，為甚麼香港女性顯得比實際年齡年輕？
一眾影視明星如此，坊間民女，也有很多年過半百卻
保養得宜，看上去像三十出頭，原因很簡單，香港的
女性很善待自己。

首先，相信香港女性喝的湯水一定多過其他地方
的女性，從夏天到冬天，每個季節我們會有不同的滋
補食品，香港人喜歡吃，很多女孩子還愛煮，身邊有
很多研究食譜的朋友，大家見了面還會交換心得，對
於食物講究的人，相信營養不會差。

還有，我們真的很在意身材，於是運動，是自然
而然產生的風氣，就算最懶的我，也會時不時動一動，

更何況滿大街健身房和瑜伽室裏的姊妹，她們的汗水一定不會白流。

單單吃得好，運動勤，皮膚不漂亮，也會大打折扣，偏偏香港的女性對於護膚可以說是全民瘋狂，各種面膜，各種營養精華，有從韓國來的，有產自日本的，有瑞士的，現在還有一大堆專門的美容醫生出現，姊妹們想怎麼打理自己那張臉都可以，俗話不是說，沒有醜女人，只有懶女人，只要你勤快，總有一天見到成果。

最後最重要的一條，不要跟自己過不去，看着社交網站曬出來的一張張照片，你就知道我們每天多高興，心情好是善待自己的基礎，即便偶爾會有煩人的事或是討厭的人，但我們不計較，總會記得高興的事情，能不年輕嗎？

都是網絡惹的禍

　　有件事，聽起來既可笑又可悲，有一對夫婦，兩個人各自背着對方在社交網站上認識了一個異性，漸生好感，再聊下去，發現喜歡上了對方，終於鼓起勇氣約出來見面，大家相約在一間非常浪漫的餐廳，坐下來後，才發現自己幾個月一直婚外情的對象，竟然是自己的另一半，你猜，接下來會發生甚麼？

　　這件事情發生在印度，是不是很像電影？可卻是真實的事件，接下來的情況是，大家大打出手，然後反目成仇，最後分道揚鑣……的確，站在他們的角度，想着枕邊人在網上對自己說了那麼多甜言蜜語，然後知道完全是對另一個人說的，這種刺激真不是每個人都能承受得住的，可是話又說回來了，站在旁觀者的

角度，發現他們倆還真是天造地設的一對，網上世界
那麼大，找來找去還能找回對方，而且可以日久生情，
這說明他們的確是被對方的某些特質或性格吸引才走
到一起的，不信，你隨便找一對夫妻，讓他們化名在
網上世界相認，都未必找得到對方。

　　如這真是一部電影，而我是那個導演，到了餐廳
見了面，戲就不能這麼演了，男的應該主動一點，充
份發揮幽默感，他應該立即哄他的妻子說，我早就知
道是你，所以故意想給你一個驚喜，我想你也一樣，
你看，咱們在現實世界拍了一次拖，網上再拍一回，
多浪漫啊！妻子要是個笨蛋，也不想挽救婚姻，那她
可以直接翻臉，如果她聰明，就應該說，是啊，咱們
倆怎麼甚麼都想到一起呢，然後兩人高高興興的燭光
晚餐後一起回家！可惜，現實版的他們已經散了，都
是網絡惹的禍！

細節

　　大家都說處女座的人很麻煩，我從不否認自己是處女座，儘管我對星座這種東西不是太相信，不過我也從來不否認自己麻煩，因為對某些東西一直很堅持，比如細節。

　　所謂細節可以指生活上的某些細節，也可以是做事上的細節，或是感情上的細節。例如，做完事情辦公桌一定要清理乾淨，拆信一定要用拆信刀，別人請吃飯或幫忙後一定會短訊致謝，隨身會帶一隻好用的筆和記事本，可以說謊但不可以隨便承諾，承諾別人的事情一定要兌現，又例如，床單和睡衣的質地一定不可以馬虎，每天要洗頭，無論你是素顏還是化妝，指甲和鞋子一定要見得人，可以豪爽但別豪放，女人說話聲音小坐的姿勢保守總比一邊大聲講電話一邊抖

腿好，再例如，好友親戚的生日一定記得，不能親自
祝賀也會送上祝福，喜歡買書不喜歡借書 （不管是借
別人的還是借給別人），有些東西可以分享，有些東
西絕不可以分享，比如杯子，鞋，內衣，還有老公，
洗手不會非常頻繁，但回到家，吃東西前，入廁後，
抱人家的小孩子前，一定會洗手，於是被很多人稱為
有潔癖。

但我認為這些細節是應該堅持的，儘管很多人認
為沒必要也很落伍。可是最近看了一部電影，《*The
Intern*》除了裏面的女強人很勵志之外，羅拔迪尼路所
飾演的高齡實習生更加搶戲，那是一個非常注重細節
的男人，從着裝到手提包，到裏面的辦公用品，從手
帕到睡衣，到一絲不苟的工作態度，令人覺得 70 歲的
高齡仍然是個魅力十足的男人，注重細節的人，一定
是個對自己和生活有要求的人，注定生活得很精彩。

笨鳥

　　這裏不是説笨鳥先飛，而是笨鳥不飛。

　　事情是這樣的，朋友住在英國，有一天他住的地方飛來了一隻鳥，從他發來的影片上看，那是一隻相當漂亮的小鳥，頭頂是黑色的，翅膀是淺綠色的，胸前是鵝黃色的，那隻鳥停在他的沙發上，動也不動目不轉睛地看着我的朋友，朋友在家寫作，正值趕稿期，非常忙，他是無暇照顧那隻小鳥的，於是他打開窗戶，請那隻鳥飛走，可是鳥無動於中，還是停在他的沙發上看着他。朋友猜想或許小鳥餓了，就找了些麵包餵牠，可是那隻鳥不張嘴，就算麵包遞到了嘴邊，牠還是歪着腦袋盯着他，朋友又去檢查了一下小鳥是不是受了傷，發現牠哪都好好的，於是朋友用一張白紙把

鳥輸送到窗邊，對他說：GO！那小鳥往後退兩步，
很顯然不想走，看着影片的我們快要樂瘋了，開玩笑
地給朋友發短訊：這隻美麗的鳥，是不是你前世的女
朋友啊？終於，朋友用了一個比較不客氣的方法，他
把鳥放到一張白紙上，然後拿着紙將鳥送到窗外，再
收回紙，鳥很不情願地盤旋了兩圈，飛走了！

　　我們很驚訝那隻鳥的表現，難道笨得連飛出去都
不會嗎？當然不是，其實在國外的很多地方，動物，
包括鳥，鴿子，松鼠，貓，對於人類都沒有任何防範
心理，牠們常常大搖大擺地的出現在人們身邊，你招
招手或是準備餵食物，牠們就會過來你身邊，任你摸，
任你餵，因為牠們覺得自己生活在一個安全的環境，
人類是和牠們一樣住在這裏，甚至澳洲夏天的蒼蠅，
見了人都不會避，甚麼地方都敢趴，因為沒有人會傷
害牠們，只是趕一趕而已。

深情的英國男子

哈里王子大婚，傳媒大肆報道新娘的背景，比王子大兩歲，曾婚姻失敗有非裔血統，顯然不是英國皇室的傳統理想新娘，但只要哈里喜歡，一切都不是問題，看着婚禮的錄影，新郎和新娘，滿臉都寫着幸福。

英國皇室的男子深情又多情，已經有先例可循，英女皇的伯父愛德華八世為了失婚的美國婦人而退位，已經成為歷史佳話，哈里的爸爸查理斯儘管已婚但心裏始終放不下長相平平又失婚的卡米拉，皇室且如此，平民亦然，最近看了一齣由真人真事改編的電影《最後相愛的日子》（*Film Stars don't die in Liverpool*），一個年輕的英國男子愛上了結過四次婚、年紀可以做

他媽媽的美國過期荷里活明星，年邁的女明星患了絕症，家人在病危之際要把她送回紐約，男子傷心至極，看了催人淚下。

不知道是不是英國男子特別深情，長相身材背景完全不是問題，只要我愛上了你，管你是老還是醜，管你是曾經離過婚還是有小孩子，只要我喜歡你，我就要和你在一起，華人男子會否有這樣的浪漫情懷，比較少，曾認識一老兄，自己年過 40，因為有了點積蓄，就開出了擇偶條件，未婚，25 歲以下，容貌好，身體健康，無遺傳病史，身高 1.7 米，體重不可超過90 磅……總覺得他在找配種不像在找老婆，港女們，或許真的可以考慮一下英國男子。

專家曰

　　看到一則消息，説溥儀晚年時去遊故宮，當然故宮已經和他小時候面目全非了，可是讓他最不能接受的是，在光緒皇帝寢宮裏的那張光緒皇帝的照片竟然掛了他父親的照片，所以溥儀叫工作人員來，提醒他們照片的錯誤，過了一會兒，來了一個故宮的專家，溥儀對他説，這張照片掛錯了，這不是光緒皇帝，這是醇親王的照片，怎知專家一臉不屑，生氣的説：我專門做這方面的研究一輩子了，難道我不比你懂嗎？溥儀很客氣地説：雖然我不太懂歷史，但是自己的老爹還是認識的⋯⋯

　　不知道這則消息是不是真的？真的也好，假的也

罷，看後我們都會忍不住笑起來，這個世界上，當然
有很多貨真價實的專家，這些人默默研究工作，給人
類帶來了巨大的貢獻，可我們也經常碰到很多稱為專
家的專家，今天這個專家說，喝咖啡對人體有害，明
天又有一個專家跑出來說，喝咖啡對大腦有益，弄得
大家無所適從，這還不是最有意思的，有意思的是有
的專家經常發表一些所有人都知道的東西，比如專家
說，股市波動是常態，專家說，運動對大家有好處，
你可以上網去搜：專家說，三個字，你會很驚訝地發
現，原來有各種各樣的專家，說了很多五花八門的建
議，關於長壽的，關於心理的，關於經濟的，關於⋯⋯
到底該聽哪位專家曰呢？

做自己的女王

經過倫敦，碰上白金漢宮開放，於是湊熱鬧，也加入了遊客之列。宮殿不是所有的地方都開放，且嚴禁攝影和錄影。據說屋頂掛上英聯邦旗，那就表示女王在家，其他的就表示女王不在，門票不算便宜，但參觀的人絡繹不絕，畢竟，很多人都有好奇心。

女王接見外國元首的宴會廳，私家花園，巡遊時的馬車等都開放給遊客，只是每隔幾步就有工作人員，進門時要做安全檢查，但比起英國國會的入場已經好多了，記得幾年前參觀國會時，兩邊都是拿着真槍的守衛，白金漢宮分很多的廳，不同的地方有不同的功效，且有很特別的裝飾，當然我們也看了女王每天辦公的房間和她用的寫字枱，想像着這位 89 歲，在位

六十三年七個月仍依然風采依舊的女王，每天會在那個房間，那個桌子上處理公務，總有種不可思議的傳奇色彩，還有她的國宴廳，每一個刀叉，細節，都準備得一絲不苟，其實後面有很多團隊為她服務，包括衣服的準備，廚房的安排，而這些也都毫無保留的呈現給了前來參觀的人。

有人說，女王之所以長壽是因為養尊處優，其實不然，讓你天天待在宮殿裏，一舉一動都有人注視，長年累月並不是一件好玩的事情，女王之所以長壽，除了基因的原因，還因為她是個很開朗樂觀的人，你想得開，世界為你美好，你想不開，生活處處為難你，我不是英國公民，但是我很喜歡這位英女王，不是因為她是女王，而是她到垂暮之年，還可以如此優雅，所以，女人，不需要別人對你封王，你自己優雅開心善良美麗，你就是自己的女王。

旅者

　　在書店發現了新井一二三的新書，《旅行，是為了找到回家的路》，不假思索地買了回來，很多年前，曾經和她有過幾面之緣，很久沒有聽到她的消息了，這麼多年過去了，忽然讀到她的書，像是重遇了一個老朋友，欣喜萬分。

　　那是回歸以前的事情了，具體怎麼認識新井一二三的，我已經記不起來了，那個時候接觸普通話說得很流利的外國人不多，沒想到還是個日本人，不光會說，還會寫，當時她在報紙任職，我們似乎有過幾次愉快的交談，非常驚訝一個日本女子對中國的認識之多，令我一直印象深刻的，不單是她能說一口流利的中文，而是這個看上去很普通的女孩子（當年她真的還是個女孩子）膽子很大，哪都敢去，特別喜歡

旅行，和我堪稱是臭味相投。香港回歸之後就沒有再
聽到她的消息了，直到再讀她的這本書，才知道了後
來關於她的很多事，儘管，時過境遷，我們每個人都
隨着時間發生了或多或少的變化，可是令我欣喜的是，
我們對旅行的熱愛，對生命的熱誠，還是很多年前最
初的樣子，儘管，這麼多年，我幾乎已經不記得曾經
認識過這樣一位女子，而她，我估計也可能不記得在
香港電台的日子，但是有甚麼關係呢？就像她所講，
「走多遠，終究要回到家，否則，我們不是旅行，而
是自我放逐了……」

　　旅行的過程中，我們看見了花，看見了海，看見
了不一樣的世界，旅行的日子裏，我們經歷了痛，找
到了愛，有了孩子，有了伴侶，旅行的時間流過，我
們的頭髮白了，步子慢了，可是我們笑容依舊，因為，
已經找到回家的路。

《美豬出城》的誘惑

米高摩亞（Michael Moore）是我喜歡的紀錄片導演，幽默諷刺地很到位，當年的 《華氏911》距離現在已經有一段日子了，所以新作《美豬出城》一定第一時間跑去觀看，果然是米高摩亞，115分鐘的紀錄片，看得場內笑聲不斷。

我不在這裏細述內容，畢竟不是專業影評，況且最討厭別人把自己還沒看的電影情節繪聲繪色地描述出來，那我還去看甚麼？我只想告訴你，看完這部電影，除了可以了解導演想通過銀幕帶給我們的關於美國的信息之外，還可以了解到，這個世界到底有多大？同樣生活在地球上的我們，怎麼可以生活得如此不同？不是有錢沒錢的問題，是一種觀念，是一種生活的態

度，我總相信人類都是在不斷追求美好的生活，可是怎樣令自己的日子真正的快樂，卻是很多人紙上談兵的話題，越有錢的地方，不快樂的人越多，越富有的地方，矛盾越激烈，所以，生活的品質就像一個人一樣，真正的富有在於你生活的內容和質量，而不是你的滿身名牌，一個國家或地區，真正的富有，是那裏的人們是否都很滿意自己的生活，而不是經濟增長速度。

儘管有時候，現實和我們的期望總會有點距離，英國脫歐，美國的新任總統，似乎都不在多數人的預期之內，所以，我們大多數時候的想法或許都有被推翻的一天，就像片子的結尾，他們來到柏林牆的地方，很多年前，誰會想到這道牆會有一天倒下呢？這個世界甚麼事情都有可能發生，你和我也一樣，假如我們願意換一種角度，換一種思維，實際上，不用飄洋過海，已經可以有不一樣的生活。

相思明月

　　剛入九月，鋪天蓋地的月餅廣告已經令人應接不暇了，傳統的月餅固然好，但是膽固醇也真的高，只能淺嚐，不適宜多吃，不過現在月餅的款式選擇真的太多，紅豆的，鹹肉的，綠茶的，雪糕的⋯⋯幾乎你可以想得到的食材，基本都可以入餡做月餅，月餅也似乎不再是食品公司的專利項目，各大品牌酒店公司都紛紛推出自己的月餅，花樣之繁多，包裝之精美，真的想也想不到，趁着佳節聯絡感情，送出別出心裁的美味月餅和果籃，送的人滿滿的心意，收的人感謝又歡喜，説到底，中秋節是中國人傳統的團圓節日，怎麼當晚餐檯上不能少了月餅助興。

　　月餅固然美味，但最開心的還是可以中秋當晚一家團聚，闔家團圓，自從孩子去了外國讀書，已經有幾年的中秋節沒有辦法一家人一起度過，孩子不在身邊，節假日的家裏似乎冷清很多，也不可能專門為了過中秋，飛過去吃個團圓飯這麼誇張，好在現在網絡發達，隨時打開視頻，好像見到真人一樣，這些做媽媽的惟有寄盒月餅過去，希望孩子在外國也可以嚐一口月餅，別忘了中秋的味道……

　　今年的中秋來得特別早，相思來得也特別早，許多的媽媽可能都和我一樣，惦記着自己沒有歸家的孩子，但是孩子總要學着自己長大，希望有一天，舉頭望明月的時候，我們會在一起。

相信善良

最近看了一個僅有四分鐘的微電影，很是感動，這部電影的名字叫《*The Other Pair*》，相信在網上很快就會流傳起來，四分鐘裏沒有一句對白，卻感人之至，這是一部由一個年僅20歲的埃及青年人拍的故事，它告訴我們，善良，是世界上最美好一種品德，不管你是貧窮還是富有，善良的人，是最美麗的。

微電影開始，看到一個很窮的孩子，腳上的一隻很破舊的拖鞋的繩子忽然斷了，那是一隻人字拖鞋，繩子斷開就根本沒辦法再用來走路，孩子用盡各種方法修理鞋子，可是都不成功，他很洩氣的坐在路邊，忽然眼前走過一對父子，很顯然是對有錢的父子，兒子穿戴整齊，尤其亮眼的是腳上的一對新皮鞋，漆黑發亮，兒子也格外珍惜

和喜歡自己的鞋子，他一邊走一邊用紙巾在擦皮鞋上沾的泥土，甚至在等火車的時候，兒子也在擦自己的鞋子，火車來了，父親催促兒子上車，怎知慌亂中掉了一隻鞋子，火車開了，這一切窮孩子都看在眼裏，他馬上過來撿起鞋子去追火車，用盡全身的力氣去追，車上的孩子也站在火車門邊，伸手去接自己的皮鞋，可是火車越開越快，窮孩子始終追不上，他索性把鞋子扔向火車上的孩子，可惜，扔不中，鞋子掉在路上……這時，車上的孩子馬上脫下自己另外一隻皮鞋，扔了下去，然後微笑和窮孩子用手勢再見，窮孩子得到了一雙皮鞋，他手捧着鞋子，臉上也露出了笑容，也舉起手和車上的孩子道別……

　　這部微電影獲得了埃及盧克索電影獎，儘管沒有一個字，卻像那句話所說，當善良遇到善良，就會開出世界上最美的花朵。

雨一直下

　　真是搞不懂，這些天一直在下雨，每天醒來，聽
到外面的雨聲，總讓我想起張宇的那首歌：「雨一直下，
氣氛不算融洽，在同一個屋簷下，你漸漸感到心在變
化……」，空氣裏的濕度達到百分之九十八，整個人
每天像曬不乾的衣服，總覺得哪裏有點不對勁，打電
話給朋友，大家心情都麻麻，總提不起精神做事情，
原來有雨天綜合症的不只我一個。

　　根據某大學的研究報告指出，濕度的確可以影響
人的專注力，低濕度可以使人保持自信狀態，但如果
濕度太高，人則無法集中精神，保持自信，降低對自
我的關注度，而且，雨天因為沒有陽光照射，黑暗還

可以使人的大腦產生松果體而昏昏欲睡，這就解釋了為甚麼下雨的這些天，我們那麼倦怠的原因，覺得煩悶，更是正常不過的現象。想一想，如果生活在熱帶，雨季的時候，日子會很難過，甚至北歐，冬天有一半時間見不到陽光，怪不得憂鬱症的人特別多，香港的雨始終會停，畢竟有陽光的天氣還是比較多，這樣安慰一下自己，有好像沒那麼鬱悶了。俗語說：天要下雨，娘要嫁人，沒有辦法預知和控制的事情，只能順其自然，調整自己，聽一首快樂的歌，讀一段捧腹大笑的笑話，看一場有意思的電影，帶上你漂亮的雨傘，出門吧，相信我，心裏是晴天，太陽就一定會出來的。

和村上春樹芬蘭的約會

　　上次來芬蘭，已經是五年前了，最深刻的印象就是冷，還有海邊的小吃很好吃，儘管教堂建築還是有很多特色，但似乎比起歐洲其他地方，總感覺少了點歲月，多了些新潮，而且有點冷，可能北歐的東西都有這方面的傾向，這一次來開會，忽然想起村上春樹的文章，他在《你說，到底寮國有甚麼》那本書裏，特意有一篇寫芬蘭，而且就是我來開會的城市——赫爾辛基，當時讀他的文章時，心裏很遺憾，怎麼不知道他筆下提到的地方，錯過了，不知甚麼時候有機會再去呢？算不算心想事成呢？剛好要來這裏開會，可以讓我有機會，好好約會一下，村上春樹提過的那些地方。

　　其實也和村上很有同感，即便是初夏來這裏，

還是感覺一個字：冷，好在每天陽光燦爛，若是像他的經歷，每天都在下雨的話，那心情會大打折扣，我很想去光顧的，就是那間著名的莫斯科酒吧，村上在書裏根本沒有提到酒吧的英文名字，上網查了半天，都告訴我莫斯科酒吧在俄羅斯，後來用 AKI KAURISMAKI 這個大導演的名字去搜，終於被我找到這間 KAFE MOCKBA（CAFE MOSCOW），或許遊客們根本沒人 留意到這間酒吧，再或者不是太留意 AKI KAURISMAKI 電影的人，也不會對這間他開的酒吧有興趣，總之紅綠色調相間的酒吧裏，客人不是太多，我還是裝模作樣的點了一杯酒，儘管我並不喝，坐在那裏，回味書中的描寫，有一種奇妙的感覺。

　　喜歡尋找電影或是文學作品所描寫的地方旅行，是我的一個喜好，比如這次到芬蘭，反而對看極光的興趣不大，只是帶了村上春樹的書，開完會，就到處走。

來自陌生人的溫暖

　　為甚麼大家那麼喜歡去日本？當然除了方便乾淨，東西好吃，還有就是，服務真的很好，話說回來，如果你付錢，服務好或許是份內之事，但如果根本就沒有消費，服務好，似乎就體現了人的素質和教養，說實話，儘管自己有不少日本朋友，但始終對於日本人有一點點保留，總覺得他們很是表裏不一，有時又禮貌得有種虛假的錯覺，可是，一次一次去日本，接觸過當地人，一次一次讓我由衷地佩服這個民族，說說最近的經歷吧。

　　在銀座晚飯後，想找一間當地的咖啡店去喝咖啡，我們轉來轉去，都是餐廳，要不就是大牌子的咖啡連鎖店，因為實在想去嚐嚐地道的日本咖啡，（以

前試過味道非常不一樣，很有水準），於是推開一家餐廳的門問裏面的服務生，知不知道附近有沒有地道的咖啡店？怎料到這個服務生讓我們先等一下，她跑進去問其他的工作人員，我看到他們拿着 ipad，幾個人非常認真地在討論，我怕太麻煩他們，於是說不用了，可是那個服務生示意我還要等一下，我們等了大約五分鐘，那個服務生走出來，我以為她指路給我，可是她卻親自帶路，走了大約七八分鐘，繞了兩三個街口，把我們送到了一家咖啡店的門口，十二月的東京雖然沒有下雪，可是也滿冷的，那個女孩子穿着很單薄的衣服，在風中帶我們前去，我問她，很冷啊？她笑笑說沒關係，到了咖啡店門口，還是一貫的日式鞠躬，然後笑着離開。

後來我才知道，這種來自陌生人的溫暖，在日本很常見，無論是日本人還是遊客，他們都會很負責任的幫忙，送上微笑。

謝謝你，成就了我

朋友傳來一則美國法官約翰羅伯茨在兒子畢業禮上的演講，一般的家長在孩子的畢業禮上通常是送上美好的祝福，可是這位畢業於哈佛大學的美國高等法院第十七任法官恰恰相反，他在兒子的畢業禮上的發言，非常的與眾不同，他說：

「……我希望你不時受到不公的對待，唯有如此，你才能感受到正義的可貴，我希望你能嘗到被背叛的滋味，唯有如此，你才能領悟真誠的重要性，雖然這麼說很抱歉，但我希望你每天感到孤獨，唯有如此，你才能明白友情並非理所當然，而是需要努力經營的，我希望你經歷幾次厄運，這樣你才會發現生命中機遇

的意義，你的成功並非命中注定，他人的失敗也非天經地義⋯⋯對那些正在打掃樹葉或倒垃圾的人不可鄙視，遇到不認識的人時，應直視他們的眼睛微笑打招呼，以後人們會記得你是一個會微笑打招呼的年輕人⋯⋯」

或許你覺得他的發言過於嚴厲，可是不公平的對待，背叛或者孤獨，卻是每個人在現實的社會中遲早要經歷的事情，剛出校門的年輕人與其對未來存有幻想，不如對真正的人生認真對待，即使有不如意，即使遇到困境，即使沒有得到善意，因為有了準備，反而會豁達對待，要知道，你生命中的每一個挑剔你的人，都可能成就一個非凡的你。

生命力

92 歲老奶奶開車出了點事故，好在人沒有受傷，但是引起城中熱話，哇！她 97 歲了還開車？為甚麼不可以呢？法律規定只要你符合健康的要求，多少歲都不是問題，或許大家的觀念還停留在，97 歲應該拄着枴杖，或是臥在床上，連飯菜都要人服侍才像樣，那你就大錯特錯了，香港是世界上最長壽的城市，不是浪得虛名，是真的實至名歸。

給你舉幾個我身邊的例子，朋友的爸爸今年 99 歲，每星期還去公司幾次，親自審核賬目及參與公司會議，當然老伯伯要有工人陪同，但 99 歲，耳不聾，眼不花，精神好得很！另外一個朋友的爸爸 85 歲，還在周圍飛

處理公務， 家裏人擔心他舟車勞頓，他卻不以為然，
說，悶在家裏才難受，一邊處理公務一邊出去看風景，
身體和心情都好得很呢！女人長壽的例子也很多，朋
友生日在 IG 貼出和媽媽的合影，八十多歲的女士，端
莊閒靜，打扮得體，看上去不過六十出頭，所以 97 歲，
只要手腳靈活，視力沒有問題，開車真的不是甚麼奇
怪的事情，在國外，也有很多高齡人士自己開車，是
很平常的事情。人的壽命在注重健康的今天普遍延長，
很多六七十歲的人仍然生龍活虎，八九十歲活躍在社
交舞台上的人也大有人在，

平靜的幸福

　　提起諾貝爾獎的得主，愛因斯坦應該不陌生，據聞，1922 年的他，正在寫那個著名的「快樂論」時，得知自己獲得了獎項，寫着那句話的字條後來拍賣到 180 萬美元，上面寫着：「平靜簡樸的生活所帶來的幸福，遠超過在焦躁不安中所追求的成功 」，他當時把字條交給了他在日本下榻酒店的一個侍應，同時也給了一點小費，不過有遠見的愛因斯坦對侍應說，好好保存這張字條，將來有可能比小費值錢得多，很顯然，侍應相信了他。

　　「如果你嘗過焦躁不安的成功日子，你或許就會了解平靜簡樸的生活有多幸福」，我的一位朋友這樣

說，他現在在歐洲的一個小國，我去探他的時候，到他的家裏作客，只是兩居室的公寓，他說和太太兩個人夠了，要知道這位仁兄曾經是活躍於香港內地財經界的風雲人物，很多大人物見了他都給幾分面子，可是兩年前的一天，忽然收到他的一個電話，「我辭了所有的工作，不做了。」「為甚麼」？起初以為他得了甚麼大病，「不，我只是累了，想過些平靜的日子。」現在的他笑着對我說，「以前別人看我很風光，可我幾年沒有和太太看過一場電影，甚至沒有吃過一頓兩個人的飯 ，不是誇張，連花錢的時間都沒有，人越來越焦慮，現在三餐一宿，每天能睡個安穩覺，對我來說，已經是天大的幸福。」

不要和年齡過不去

有意思的是，小孩子特別想長大，青年人總想自己看起來成熟一些，於是有了那首歌：甚麼時候可以像高年級的同學有張成熟與長大的臉？這邊拼命地想長大，那邊卻拼命地想變小，於是有了個名詞叫凍齡，有了各種醫療美容，有了各種稱呼，包括各種 BB，可是，為甚麼要和年齡過不去呢？

現實中的人們，往往對於變老很是抗拒，愛美之心人皆有之，讓自己看起來年輕也無可厚非，但怕就怕做了與年齡距離非常遠的事，不光是外表，還有行為。二十歲的孩子為了一個幾萬元的名牌包包，省吃儉用也好，父母贊助也好，拎在手裏，多多少少會令人有些驚訝，沒有任何賺錢能力的你，怎麼會有這樣

的奢侈品？反之亦然，一個上了年紀的人，體面的出來見人，總是好的，無論男人還是女人，滿臉風霜皺紋都不怕，但如果還追求不修邊幅，穿着破了洞的牛仔褲或是熨不平的襯衫，免不了令人生出憐憫之情。人是一天天變老的，但是閱歷卻是一天天增加的，若將閱歷填補那失去的青春，人生會變得和諧而美好，人會看上去溫和而儒雅，內心也會越來越年輕，可是很多人並不是很看重內在的心境，而是覺得外表的保養勝過一切，儘管樣子比實際的歲數要年輕很多，可是言談舉止，還像未經過世事，易怒易躁，很是煞風景。

　　每個年齡都有她的動人之處，不光是女人，男人也一樣會蹉跎了歲月，浪費了青春，日子無法重來，時光無法倒流，變老是每個人都無法改變的事實，我們所能做的，惟有心平氣和的接受，不要和年齡過不去。

女人和錢

　　看到一段話：「我努力賺錢，不是因為我多愛錢，而是這輩子，我不想因為錢和誰低三下四，也不想因為錢委屈自己，最近很流行一段話：沒有錢，你拿甚麼維持你的親情，穩固你的愛情，聯絡你的友情，靠嘴說嗎？別鬧了，大家都挺忙的。」覺得有道理，但我更喜歡的是那句，不是我多愛錢，而是不想因為錢和誰低三下四，委屈自己的事情更不要做，尤其女人。

　　很多人批評港女甚麼都向錢看，有時候覺得也有點不公道，難道好女人一定要陪你一起餐餐吃麥記嗎？愛上風流窮書生的年代已經過去了好不好？為甚麼我們沒有權利追求更好的生活呢？有個女朋友說，她交第一個男朋友剛上大學，對方是個窮小子，她愛情至

上，又欣賞他的才氣，處處為他着想，怎麼省錢過日子，結果，有一天回家，男朋友和另外一個女孩在他的床上，她怎麼也想不明白自己哪錯了，男朋友說，你對生活沒有要求，和你在一起沒有生活的動力……她終於想明白了，於是努力工作拼命賺錢，後來交了男朋友，現在的老公，老公最欣賞她的就是，獨立而且有品味，她對我說，千萬別給男人省錢，你花得越多，他賺的越開心，也越愛你，你是他奮鬥和生活的目標，笑得我眼淚都出來！

其實，我一直贊成女人工作，起碼有一份寄託，愛錢不是罪過，錢可以幫我們解決很多煩惱，省去不必要的麻煩，可以令我們的生活更美好，只要不是在你的生活裏一無所有，只剩下錢，那就可以了，「視金錢為糞土」的女人，不屬於正常範圍裏的，處處把錢掛在口邊的女人，也一樣。

最好的堅持

在英國讀高中的年輕人，每個學期結束前，學校都會舉行馬拉松比賽，這不是只給整個中學的學生提供的體育活動，全校的學生老師，無論高年級還是低年級，無論年長的老師還是年輕的老師，都要參加，所以學生加上老師，浩浩蕩蕩的幾百人，整個下午完成近三個小時的跑步，場面相當壯觀，我沒有親自到現場看過，但聽到年輕人的描述，都覺得很有意思。

他說，你知道嗎？我們的宿舍舍監很胖，但是他都會跑完，我們看到老師們都在跑，所以大家都不會偷懶。那不是每個人都受過馬拉松的訓練的呀，受得了嗎？我很好奇地問，這沒有關係，就算你最後體力不行，走也要走下來，這是一種堅持，我們每年都會舉行

這種比賽，其實更像一種活動，要每個人都參與堅持完成一件事情，名次不是很重要的，他繼續和我解釋。

那你呢？平時除了打球也不見你怎麼跑步，是走下來的嗎？ 我笑着問他，當然不是，他馬上回答，我們大家一起跑，有高年級，有低年級，有男生也有女生，我跑在中途的時候，後面聽到幾個女生的喘氣聲，我心想，男生要是輸給女生就太沒面子了，所以我拚了命一直跑，不敢停下來，那些女生的喘氣聲也一直跟在我後面，到了終點我回頭一望，天呢，原來是幾個剛上中學的男生，他們可能還沒變聲，聲音和女生很像，結果呢，我的名次還不錯呢！

這真是一個不錯的活動，也真是一種不錯的理念，我相信學校是在通過這個比賽讓學生了解，大家都在平等的平台公平的競爭，只要你堅持下來，就是自己的贏家。

最美好的時光（上）

　　兒子先後在香港和英國讀中學，我問他，最想念哪一段中學時光？已經是大學生的他，竟然告訴我，他最懷念的是在英國寄宿學校的那兩年，為甚麼呢？你在香港讀中學的時間遠比在英國要長啊，沒有感情嗎？我急着追問，當然不是，友誼和朋友當然是香港的最親，可是說起學校生活，我很懷念英國的那段日子。

　　兒子在英國讀的學校是一間很古老的中學，也是出了名嚴格的，每星期七天都要在學校，即便是家長去了，如果不是學校假期，是要申請才可以出來見一面，每天早課前去教堂，中午不管宿舍多遠，都要準

時走回來集體吃飯，每個年級的人坐在一桌，老師們分別坐在每個年級的桌子旁一起進餐，我被邀請過一次，真的可以用難以下嚥形容，可是學生們和老師必須吃完食物，每個星期二四六下午規定兩個小時的運動，星期天下午是集體活動，晚上是學習時間，每個房間不許鎖門，老師會隨時進來了解學習情況，這種近乎軍訓的日子他卻懷念，我問他為甚麼？他說，因為那裏的老師好，他們的老師百分之九十是出自牛劍，可是一點架子都沒有，當然小班教學給了他們充份和學生溝通的時間，可是能夠發掘每個學生的長處，才是老師們最厲害的地方，因為每個孩子都自豪是學校的一分子。

最美好的時光（下）

　　兒子宿舍的舍監畢業於劍橋法律系，本身舍監就是個律師，他說就是喜歡孩子和家庭生活，所以放着律師不做，來做中學老師，他們一家五口和兒子宿舍的男孩子們生活在一起，就連他們家的狗，也是大家庭的一分子，經常在大家吃飯的時候跑出來要食物，或是來了重要訪客，比如家長的時候，忽然跑出來當眾撒潑尿，惹得大家哈哈大笑，孩子們都很喜歡，因為這些老師門不僅教他們知識，禮儀，還教他們怎麼生活，怎麼做人，怎麼把平凡的小事做好，包括喝酒，週末舍監拿出自己的好酒，和高年級的男生們一起喝，一起聊女孩，聊人生，也會教這些男生怎麼正確使用

避孕套，每個學生的長處都會得到充份發揮，知道兒子彈鋼琴，特意請他在年會上表演，兒子也曾代表學校去倫敦參加劍擊比賽，也被選為宿舍代表去出席每月一次的校長家宴，偶而有一科考的不理想，我去出席家長會，老師讓我別擔心，說他只是一時理解錯誤，他一定會考上一間好大學。

　　果然兩年很快過，兒子進了他心儀的大學，學了他夢寐以求的專業，畢業晚宴上，舍監對每個孩子都會說一段話，幽默又帶有鼓勵，原來他們記得孩子曾經經歷的小細節，兒子說起來，臉上充滿了微笑，我相信了，那真是一段最美好的時光。

第五章

最溫柔的角落

我從哪裏來

每一次當別人問我你是哪裏人的時候，我都很困惑。廣東話問出來就是：你的鄉下是哪裏？開始的時候我老大不高興，我哪裏長得像鄉下人？後來明白了他們的意思，他們是問，你的祖籍是哪裏，關於這個問題，我只能去問我父母，得到的答案是，若一定追溯祖籍，我的祖上來自山東聊城，可是我自出世就壓根沒去過這個素有「中國北方威尼斯」的地方，好像自己跟山東也沒多大關係。

人的記憶會有誤差，我也不確定我父親說的歷史是否準確，但我對上一代人的故事總是有莫名的興趣，聽他講，他的祖父和他的五個兄弟來自山東聊城，一

起遷移到山東營口，太祖父排行第二，生了我祖父和四個女兒，唯一的兒子祖父名曰范啟東，很有經商的才能，自娶了我祖母徐若萍之後，開始做手工名片生意，因為祖父寫了一手好字，後來手工作坊越做越有名氣，就開起了印刷廠，後來還開了啟東書店，父親就是在家境非常富裕的那時出生的。聽到這個時候，我幻想着，如果生在那個年代，我就是家裏排行第一的大小姐，大門不出，二門不邁，讀讀私塾，吟詩做畫，再一不留神相中了哪個民國才俊，於是成就一段佳話……正飄飄然不能自持之時，就聽父親接着說，後來日本人來了，後來又打仗了，再後來……我聽不下去了，好吧，不做夢了。祖父在我很小的時候就過身了，我對他幾乎沒甚麼印象，只是記得他很嚴肅，一副做大事的樣子，我常想，如果他可以長壽，如果

他可以看見我長大，他應該很喜歡我，我們也應該會很談得來。

　　我母親的記憶就更靠不住，因為她連我出生的時間都有好幾個版本，但她說出來的故事同樣有趣。我的外祖母沙玉英小的時候，父親過身，母親改嫁，但是母親不能把她帶走一起嫁，就將她託付給一戶人家，外祖母年幼，很依戀她的媽媽，想和媽媽一起走，於是她晚上躲在她母親第二天出嫁的馬車旁，打算若看見母親的轎子，就藏在裏面，誰料，等了一晚竟迷迷糊糊的睡着了，她醒來，她母親的車隊已經離開，她只好又回到那戶人家的家裏。那戶人家的其中一個少爺——我的外祖父張生福那時在外讀書，回到家中，看見外祖母，頓生憐惜之心，親自教她讀書寫字，日久生情，後來外祖父的母親作主，兩人成婚。我小的

時候，父母曾將我送到外祖父母家裏一段時間，每天不用寫字讀書，天天在野地裏和小朋友瘋玩，然後回去吃外祖母給我煮的麵條，我的舅舅們也非常疼愛我，他們在很遠的地方工作，為了看我，週末特意趕回家，那是我童年最快樂的日子。

　　我的父親范廣智和母親張志芳的相識似乎沒那麼浪漫，他們生在一個呆板的年代，據說是別人家介紹下認識的，然後結婚第二年就有了我，他們的第一個孩子，再過了三年，有了我妹范芸，他們的第二個孩子。我一直不明白為甚麼他們對我的期望特別高，對我妹的要求寬鬆很多，我媽在我小的時候，就像現在的虎媽一樣，特別注重我的教育，我四歲半的時候學習小提琴，沒上小學已經在我媽的嚴格管理下，會寫很多中文字，已經可以自己閱讀簡單的故事書，我還

練過體操，有段時間每晚睡覺前，逼我做「前滾翻」和「後滾翻」，後來她不知在哪裏聽說，練體操個子長不高，就嚇的一下子讓我停止了，但是對走路和坐姿還是會很有要求。我到現在都很佩服我媽的前瞻性，多虧她，培養了我那麼多的興趣，也因為我的興趣廣泛，才會體會到這個世界是多麼的美好有趣！ 我的父親是個保守傳統的中國男人，我總覺得他的骨子裏一直持有「萬般皆下品，唯有讀書高」的理念，這也是為甚麼這麼多年，我看他笑得最開心的一次，就是我拿到博士學位的那天，他的腿近年不是很靈活，走得慢，可是博士畢業禮那天，他還是堅持要參加，挂着枴杖出現在理工大學的校園裏，心情非常好。

　　我和妹妹的感情很好，因為從小我們一直對外，並肩作戰，還有就是無話不談，我的朋友全都認識她，

她的朋友我也全見過，我媽說我們「狼狽為奸」，我們的理解就是「親密無間」，我們從外形到性格完全相反，可是卻是非常和得來的好朋友。相當長的一段時間，我們都生活在一起，直到她結婚，嫁到了澳洲，我們才分隔兩地，但依然不會斷了聯繫，時不時通電話視頻，儘管大家都忙碌，但是遇到要分享的心事，始終對方是第一個人。

父母兄弟姊妹，我只信今生的緣份，能夠成為一家人，必有冥冥之中命中注定的安排。我很感恩，今生遇到這麼疼愛我的父母和這麼可愛的妹妹。

我和妹妹范芸（右）

父母參加我的博士畢業禮

上天的禮物

　　此生收到上天最珍貴，讓我最欣喜若狂，一生摯愛的禮物，不是財富、金錢、健康和學識，而是我的兒子——晉森 Sam，我是他的媽媽，感到很欣慰，因為從小他就是個懂事、善解人意的孩子。每個新手媽媽都沒有做母親的經驗，只能道聽途説，或參考書裏或專家們的意見，我也一樣，現在回頭看，我總跟兒子説，如果一切重新來過，或許我可以當媽媽當得好些，他也總會笑着説，媽，你已經做得很不錯了，人生怎麼可能會有重新來過的機會？兒子轉眼 21 歲了，很感謝他，二十一年來對我這個不按常理出牌的母親的包容。

我的很多朋友是全職媽媽，她們有的甚至放棄高薪厚祿的工作，回家陪孩子，當然，有媽媽相陪的童年，孩子的成長會好些，可是一定要放棄自己的人生，去換取孩子的幸福嗎？這個問題當時困惑了我很久，最後我還是決定在兩者之間盡量取一個平衡，最難平衡的是時間，在港台工作的時候，我的節目在黃昏，那時候 Sam 讀幼稚園，我安排他上下午班，這樣，上午我可以在家陪他，然後送他上校車，看着他小小的身軀爬上那家大大的校巴，坐在窗口和我揮手道別，每一次都好像難捨難分的，我就非常的於心不忍。通常下午我在上班，所以沒辦法親自去接他，有一次，台裏臨時變動了節目，我提早回家，親自去接他放學，Sam 完全想不到媽媽會來，那個晚上高興的不得了。那幾年香港電台星期六日經常要加班，無端端兒子週

末就見不到媽媽一整天，所以，那時候台裏的幾個媽媽有時候會帶孩子來上班，我們在錄節目，小朋友和工人在隔壁的房間，隔着玻璃看媽媽。所以 Sam 小的時候，他最討厭的地方就是香港電台。

從澳洲回來，兒子到了上小學的年齡，我也不知道是自己無知還是大意，因為我總是覺得小學不用那麼緊張，所以沒有像其他家長一樣去想盡辦法讀爭崩頭的傳統名校，當時我在中文大學教書，按照地區派位，Sam 派到了一間地區名校，我想也不錯，離家近，省去很多路途的時間，上了小學，我也沒給他報任何的補習班，也不會糾結每天的默書能不能拿滿分，我只希望他每天快點完成功課，然後去玩他有興趣的活動，他的活動挺豐富的，有溜冰，有游泳，有彈鋼琴，有繪畫，還有足球班，大學的工作時間比較彈性，所

以每一樣活動我都可以陪他參加，但 Sam 最有興趣的活動是看書，拿上一本書，可以不用理外面發生甚麼事情，捧着書坐上半天，他最喜歡去當時又一城的 PageOne，我把他帶到兒童圖書區，就算自己跑出去 shopping 兩個小時，回來他還是可以安安穩穩得坐在那看書，津津有味的樣子，我問：「看完了嗎？」他通常搖搖頭説：「沒有，媽，你再去逛一會街吧！」我逛了一圈回來，他還是那句話，於是每一次，我們都買了好幾本他想看的書回家。

Sam 在香港一間傳統的男校讀到中五，就去了英國升學，繼續最後兩年的中學生活，也體會了英國寄宿學校，Sam 很喜歡古歷史和哲學，對拉丁文也有興趣，儘管香港的學校師資相當優秀，但他是沒可能讀這些他喜歡的科目，但是英國可以，他在中六選了古

羅馬希臘史、藝術史還有哲學，他在寄宿學校的老師
很高興這個來自亞洲的學生喜歡這些科目，因為在他
們的印象中，亞洲學生多數會選數學、經濟之類的科
目，老師們很喜歡他，也教得非常認真，因為他們的
付出，Sam 讀到了自己喜歡的大學。大學選科的時候，
Sam 猶豫不決，到底是讀他喜歡的哲學，還是讀他也
喜歡的法律？他的舍監，那位來自劍橋法律系的律師
跟他說，你讀了哲學，你還有機會讀法律，可是你讀
了法律，估計就沒甚麼時間讀哲學了！在我們的鼓勵
下，他選了哲學。

　　我的教育方式常常會受到質疑，比如 Sam 小學五
年級的時候，我被學校叫去，班主任很苦口婆心的跟
我說，全班就你兒子一個人不上補習班，要上中學了，
你要為他報個補習？他的成績不好嗎？我問老師，那

倒不是，可是別人都在補，你不擔心嗎？當時老師看我的眼神，好像我是一個異類，我當然沒有聽勸告，我總覺得，只要明白了上課的內容，餘下的時間，閱讀，是最值得做的事情。事實證明，現在的 Sam 課外知識很豐富，興趣也廣泛，而且從他小學五年級開始，每一年他都會自己蒐集資料看地圖，然後和我去一至兩個地方旅行，這麼多年下來，我們跑了大半個地球，一起旅行，不僅增長見聞，還有了和他交流思想的機會，我不僅是他的媽媽，還在努力的成為他的好朋友。儘管我不是一個全職媽媽，或許有些時候也沒有把兒子照料得非常好，但現在覺得，沒有放棄自己的人生，也是對的選擇，我的不斷進步，令到我和年輕的一代可以更好的交流，為人母，真的是一輩子的學問，我，還在學習中。

我的兒子 Sam

命中注定

　　有一年的情人節，張灼祥寫了一張卡給我 ：「It's never too late or too early to celebrate.」我很喜歡他這句話，萬物皆有時，其實我們之間也是，「It's never too late or too early meeting you.」我小時候很討厭當老師，對校長更是敬而遠之，結果，命中注定，我要嫁給一位校長。

　　和校長在一起，本想收斂一下自己貪玩的性格，誰知道張灼祥比我更愛玩，我們的興趣愛好竟然像約好了一樣的一致，寫作、看電影、旅行、吃東西，可以說是一拍即合，張灼祥是個精力非常旺盛的人，白天工作一天，晚上還是可以去看電影或是出席講座，

週末還去打高爾夫球，一天二十四小時，對他來說，似乎都不夠用，我本是個懶惰的人，在他的帶動下，也慢慢的積極起來。

　　張灼祥很喜歡交朋友，高朋滿座是他最開心的時刻，他喜歡説笑話，説完大家哈哈大笑時他最有成就感，剛認識他的時候，我還想假裝嚴肅，怎麼也想不到認識了這麼一個非常「不嚴肅」的校長，他對朋友好是不分男女老少的，這些年聽了太多他的朋友講給我的故事，告訴我張灼祥當年怎麼幫他們，他們非常感激之類，可是問起張灼祥，他自己反而不記得了，他説他只記得當下和明天的事情，對於過去，他總説，都過去了，還記來做甚麼？但是現在始終是從過去走來的，就是因為他過去對朋友的好，現在我們的身邊，有一大群的好朋友。

做了張太太已經十年，十年的時間，說長不長，說短不短，但我們每天都在一起迎接新一天的到來，過着平凡的小日子，就像他寫給我的：

　　在寒風中

　　拖着你的手過馬路

　　短短的一段路

　　在想

　　要不是趕着上班

　　就到海邊迎着風

　　散步去

張灼祥和我

天地

www.cosmosbooks.com.hk

書 名	給自己的情書
作 者	范 玲
攝影及繪畫	范 玲
編 輯	郭坤輝
美術編輯	楊曉林
出 版	天地圖書有限公司
	香港黃竹坑道46號
	新興工業大廈11樓（總寫字樓）
	電話：2528 3671 傳真：2865 2609
	香港灣仔莊士敦道30號地庫 ／ 1樓（門市部）
	電話：2865 0708 傳真：2861 1541
印 刷	美雅印刷製本有限公司
	香港九龍官塘榮業街6號海濱工業大廈4字樓A室
	電話：2342 0109 傳真：2790 3614
發 行	香港聯合書刊物流有限公司
	香港新界大埔汀麗路36號中華商務印刷大廈3字樓
	電話：2150 2100 傳真：2407 3062
出版日期	2020年6月初版 · 香港